우리는
땅끝으로
간다

아름다운 청소년 ❹

우리는 땅끝으로 간다

초판 1쇄 발행 2011년 11월 11일 | 초판 8쇄 발행 2021년 5월 28일

지은이 이성숙 | **펴낸이** 방일권 | **펴낸곳** 별숲

출판등록 제2018-000060호 | **주소** 서울특별시 마포구 양화로 133, 서교타워 1506호

전화 02-332-7980 | **팩스** 02-6209-7980 | **전자우편** everlys@naver.com

ⓒ 이성숙 2011

ISBN 978-89-965755-4-2   44810
ISBN 978-89-965755-0-4   (세트)

우리는 땅끝으로 간다

이성숙 장편소설

별숲

철없던 어린 시절 삶을 포기하려던 순간이 있었습니다.
지금, 마흔 다섯의 나이로
그 시절 외로움에 아파하던 제 자신에게 말을 건넵니다.
살아 줘서 고맙다고.
참으로 고맙다고.

더불어,
절망 속에서도
살아 있기에 아름다운
세상의 모든 생명에게 고마움을 전합니다.

오늘도 어김없이 그 녀석이 나타났다. 딱 달라붙는 교복 바지에 버 젓이 담배까지 꼬나물고 있던 녀석은 기한을 발견하곤 반갑게 다가 왔다.

"어이 서기한, 너 지대로다. 어떻게 일분일초도 안 틀리고 일곱 시 사십 분이냐? 니 덕에 나 담배 두 갑 벌었다."

쭉 찢어진 작은 눈으로 녀석은 히죽히죽 웃었다. 양쪽에 대동한 두 녀석은 억울한지 똥 씹은 얼굴이다. 기한은 녀석의 이름도 모른다. 교복으로 보아 이웃 학교에 다닌다는 것밖에. 하지만 녀석은 기한의 이름 주소 전화번호 학년 반 번호까지 꿰고 있다.

녀석이 자연스럽게 손을 내밀었다. 기한도 자연스레 가방에서 봉 투를 꺼내 그 녀석 손 위에 올려놓았다. 봉투를 확인한 녀석의 눈빛에 날이 섰다.

"삼만 원? 장난해?"

"학원비는 아직 못 받았어."

녀석의 날 선 눈빛이 조금 누그러졌다.

"언제 받는데?"

"내일."

쩝! 입맛을 다신 녀석이 기한의 어깨를 툭툭 두드리며 한마디 했다.

"너 약속 잘 지키는 거 내가 잘 알아. 이거 갖고 병원비는커녕 우리 점심값도 안 되는 거 알지? 그 새끼 아직 눈도 못 뜨고 있어."

눈도 못 뜨고 있을 그 아이가 떠오르자 기한은 가슴이 답답해졌다. 묵직한 통증이 숨통을 조여 오는가 싶더니 뒷골이 서늘했다.

"쌩까면 너 죽어. 내일 보자."

녀석은 침을 찍 뱉고 시시닥거리며 돌아서 갔다. 체념한 듯 무기력하기만 하던 기한의 얼굴이 순간 섬뜩한 냉기로 굳어졌다.

"꼼쥐 새끼."

지난봄부터 한 달에 한 번씩 치러지는 일이다. 처음엔 기꺼이 시작한 일이었지만 이젠 덫이 되어 빠져나갈 수 없는 상황이 되고 말았다. 오토바이 사고. 그게 시작이었다.

달려오는 오토바이의 속도를 기한은 피할 수 없었다. 그를 가까스로 스치며 중심을 잃은 오토바이는 10미터쯤 미끄러져 나가떨어졌다. 기한은 반쯤 정신이 나간 상태로 서 있었다. 머릿속이 하얘지고 눈앞에 펼쳐진 광경이 비현실적으로 느껴졌다. 오토바이에서 튕겨져 나간 아이는 정신을 잃고 쓰러져 있다. 어쩌면 죽은 건지도.

피. 남자애의 머리에서 피가 흐르고 있었다. 언젠가 이와 비슷한 장면을 본 것 같은 기시감으로 소름이 돋았다. 순간 섬뜩한 공포가 기한의 몸을 훑고 지나갔다. 몸속 세포 하나하나가 낯익은 공포에 비명을 질러 댔다. 느닷없는 감정의 소용돌이에 기한은 온몸이 얼어붙었다. 누군가 목을 조여 오는 것처럼 숨조차 내쉴 수가 없었다.

얼마 뒤 앰불런스 소리가 들려왔다. 앰불런스가 그 애를 싣고 떠날 때까지 기한은 지독한 공포감에 휩싸여 서 있었다. 꿈이라면 제발 이 악몽에서 깨어나길 간절히 빌었다.

그런 기한을 다짜고짜 멱살을 잡고 골목으로 끌고 간 게 꼼쥐였다. 오토바이를 타고 뒤따라 왔던 꼼쥐를 기한은 미처 보지 못했던 것이다. 꼼쥐는 무척 흥분해 있었다. 욕설과 함께 주먹이 날아왔다.

"너 이 새끼, 오토바이 가는 길을 막아?"

기한은 무기력한 상태로 꼼쥐의 주먹세례를 받았다. 차라리 꼼쥐가 고마웠다. 기한을 사로잡았던 그 공포의 감각에 비하면 꼼쥐 주먹은 시원한 느낌마저 들었다. 꼼쥐의 주먹질과 발길질이 거듭될수록, 입술이 터지고 옆구리 통증에 숨이 턱턱 막혀 올수록, 기한은 그 사고가 자기 탓이라고 체념했다.

객관적인 정황을 따져 빠져나갈 구멍을 찾을 수도 있었다. 단지 길을 건너고 있을 뿐이었던 자신이 가해자일 리 없다고. 이성이 작동하는 합리적인 정신 상태였다면 분명 그래야 옳았다. 하지만 아이의 피를 본 순간 기한이 느꼈던 두려움이 뇌의 모든 이성적인 작동을 무너뜨렸다.

"그 새끼 잘못되면 너 내 손에 죽을 줄 알아!"

분이 풀리지 않은 꼽쥐가 씩씩대며 윽박질렀다. 꼽쥐는 가방 안의 수첩과 핸드폰을 뒤져 기한의 모든 신상명세를 파악했다. 기한도 기꺼이 거들었다.

"내가 지금 병원에 가야 돼서 그냥 가는데, 다시 보자."

꼽쥐가 가 버린 뒤 기한은 비적비적 흩어진 가방을 챙기고 가까운 공원으로 갔다. 꼽쥐는 무섭지 않았다. 무서운 건 피를 흘리고 쓰러진 그 아이와 기한을 전율시킨 그 공포였다. 꿈인지 실제인지 모를 장면 하나가 날카로운 발톱을 세우고 그를 공격해 왔다. 기한은 머리를 감싸 쥐고 공원 구석에 몸을 웅크렸다.

어린 기한이 열려진 문 앞에 서 있다. 커튼 사이로 쏟아져 들어온 햇빛 때문에 눈이 부시다. 시린 눈을 가늘게 떠 보지만 방 안의 모습은 뿌옇게 흐려 있다. 순간 비릿한 피 냄새가 끼쳐 온다. 불길한 감각이 몸속 세포들을 급속하게 경직시켜, 어린 기한은 석고처럼 굳어 버렸다.

햇살이 부서져 내린 하얀 시트에 선홍색 피가 물들어 가고 있었다. 피로 얼룩진 시트 위에서 유난히 길고 가냘픈 손가락이 천천히 움직인다. 어린 기한을 부르는 손짓이다.

가위에 눌려 한 발짝도 움직일 수 없는 섬뜩한 꿈은 거기서 뚝 끊기고 말았다. 그 손가락의 주인이 누구인지 기한은 알 수 없었다. 그건 기한이 반복해서 꾸어 온 꿈이었다. 깨고 나면 잊어버리지만 그 느낌만큼은 감각 속에 선명하게 각인되어 온 꿈.

기한은 공원 구석에 쪼그리고 앉아 난생처음 담배를 피웠다. 계속 기침이 나왔다. 눈물이 고이고 손이 마구 떨리는 건, 담배 연기 때문이라고 생각했다. 기한은 그 빌어먹을 담배 연기에 매달려 어둑어둑해질 때까지 공원 구석을 나가지 못했다.

꼼쥐는 다시 보자는 약속을 지켰다. 사고를 당한 아이가 식물인간으로 누워 있다고 했다. 기한은 기꺼이 학원비를 털어 주었고 지금까지 그 일은 계속되고 있었다.

만약에…… 그날 그 시각 그 자리에 자신이 없었다면 하고 수도 없이 되뇌었다. 만약에 깜빡 잊은 학원 숙제를 다시 가지러 갔다면, 만약에 껌을 사러 편의점에 들르지만 않았다면, 만약에 점멸 불빛 세 개 남은 신호등을 뛰어서라도 건넜다면……. 만약에를 거듭할수록 돌이킬 수 없는 일이란 사실이 몸서리치게 느껴지곤 했다.

꼼쥐는 이세 생활의 일부가 되었다. 이런 관계를 얼마나 끌어가야 하는지, 또 얼마나 끌어갈 수 있을지 알 수 없었다. 어른들한테 도움을 청할 수도 있겠지만 기한은 추호도 그럴 마음이 없었다. 기한에겐 이런 일을 나눠 줄 그 누구도 없었다. 게다가 꼼쥐와 자신의 이 미묘한 공생 관계를 누구도 이해할 수 없을 것이다.

그날 이후, 하얀 손의 환영은 더 격렬하게 기한을 흔들어 놓았다. 그 꿈의 자락이 무엇인지 들여다볼 용기가 나지 않아 기한은 허둥거리며 도망쳐 나오기 일쑤였다.

한 달에 한 번 꼼쥐에게 돈을 쥐여 주는 날이면, 기한은 녀석에게 경멸과 분노를 느끼면서도 가슴이 후련해지곤 했다. 의식불명 상태의 그 아이에 대한 보상은 그 환영으로부터 벗어날 수 있는 유일한 방법처럼 느껴졌다.

기한은 왁자지껄 떠들어 대는 아이들 사이를 느적거리며 걸었다. 그가 학교에 가는 이유는 딱 한 가지, 그 시간에 달리 할 일이 없기 때문이다.

사흘 뒤엔 겨울방학이 시작될 테고, 방학이 끝나면 고3이 될 터였다. 기한에겐 귀찮은 1년이 될 게 뻔했다. 이미 그의 성적으로 수도권 안에 있는 대학에 가기는 글렀다. 좋은 대학 가는 아이들 등급 받쳐 주는 게 자신의 역할이라고 기한은 생각했다. 별로 내키진 않지만 억울하지도 않았다.

기한이 다윈의 적자생존을 배우면서 깨달은 건, 최후까지 살아남을 적자에 자신은 결코 속하지 못하리라는 사실이었다. 비관해서가 아니라 그냥 자신을 아는 것뿐이었다. 세상과 맞싸울 투지…… 귀찮다.

'넌 도대체 꿈도 없냐? 이젠 네 꿈이 뭔지 생각할 때도 되지 않았어?'

진로 선택에 무심한 태도를 보이는 기한을 보고 담임이 한 말이었다. 꿈이 뭐냐고? 꿈 깬 지 오래였다. 꿈을 강요하고 그것이 마치 희망인 양 떠들어 대지만 그 또한 적자생존의 다른 말이라는 걸 기한은 일찌감치 알아 버렸다. 꿈을 이루는 것도 결국 적자들의 몫이었다.

밍밍한 기한의 반응에 열정만 있으면 꿈을 이룰 수 있다고 또다시 누군가 설득하려 든대도 글쎄…… 뭐 티끌만큼은 그럴 수 있을 것이다. 낙타가 바늘구멍에 들어가는 일조차 열정으로 해낼 수 있다고 부추기는 세상이니까.

그렇다 한들, 기한은 가슴에 불을 댕기는 일에 시큰둥했고, 불덩이가 되어 뛰어들 세상이 미덥지 않을뿐더러 재미없었다. 그저 꾸역꾸역 하루하루를 살아 내고 있을 뿐이었다. 달리 방법이 없었으므로.

적어도 그날 학교에 들어서기 전까진 그랬다. 시리고 아픈 외로운 날들과 마치 쇠사슬에 옭아매인 듯 엄습하는 환영에서 벗어날 길은 없을 거라고, 기한은 막막한 체념으로 또 하루를 시작하고 있었다.

교실 안을 떠도는 공기가 여느 때와 사뭇 달랐다. 팽팽하게 차올라 곧 터져 버릴 것 같은 아슬아슬한 긴장감이 아이들의 웅성거림 속에 무겁게 내려앉아 있었다. 반에서 일어나는 일에 별 관심을 갖지 않았던 기한이지만 심상찮은 교실 분위기 때문에 멈칫 긴장하지 않을 수 없었다. 삼삼오오 모여 있는 아이들 표정은 당혹스러움과 놀라움으로 과장되게 부풀어 있었다.

딱히 누구를 붙들고 물어볼 아이도 없었다. 왕따는 아니었지만 기한은 아이들과 몰려다니는 게 번잡스럽고 귀찮아 무리에 끼거나 소위 단짝이라는 친구도 만들지 않았다. 할 수 없이 조용히 제 자리로 갔다. 한오지랖 하는 옆자리 재민이가 어떤 얘기든 물어다 줄 것이다.

"야, 서기한 너 들었어?"

기한이 자리에 앉은 지 3초도 걸리지 않아 재민이가 쪼르르 다가왔다.

"뭘?"

천연덕스러운 기한의 반응에 재민이는 그럴 줄 알았다는 듯이 '아—놔!' 하며 감탄사를 질러 댔다.

"우리 반 위층 삼 학년 형이 자살했대."

"자살?"

기한은 가슴이 철렁 내려앉았다. 자살이라는 말에 자신의 심장이 이렇게 격렬히 뛰며 반응을 일으킬 줄 예상하지 못했다. 딱히 자살할 생각을 한 적은 없었지만 순간 왜 자신이 아니고 그 형이지 하는 생각이 들어 당혹스러웠다. 충격과 혼란스러움으로 멍해 있는 기한을 보고 재민이 흥분해서 떠들어 댔다.

"어젯밤 십오 층 자기네 집 아파트 베란다에서 뛰어내렸대. 근처를 지나던 어떤 애가 그 소리를 들었다는데, 딱! 하고 제대로 빠개지는 소리가 났대. 뭔지 상상이 가지?"

기한은 고개를 돌리고 말았다. 재민이 녀석이 저렇게 호들갑을 떨 수 있는 건 결코 자신에겐 일어날 수 없는 일이라는 확신 때문일 것이다.

"그리고 직접 본 애 말에 의하면 얼마나 제대로 빠개졌는지……."

"됐어. 그만해."

기한은 재민이의 말을 끊었다. 더는 듣고 싶지 않았다.

"자식, 까칠하긴."

재민이는 기한의 반응에 흥이 떨어졌는지 어느새 아이들 무리 속으로 가 버렸다.

기한은 그 형에 대해서 아는 바가 없었다. 얼굴도, 이름조차 알지 못했다. 하지만 가까운 사람의 갑작스런 죽음에 맞닥뜨린 것처럼 가슴속에서 무엇인가 툭 하고 떨어져 나가는 기분이 들었다. 그 형이 왜 자살을 했는지 따윈 중요하지 않았다. 죽음밖에 달리 선택할 수 없었던 그 형의 절박함이 온전히 기한의 마음에 와 닿았다. 희망이 없는 캄캄한 굴속에 갇혀 있는 기분. 죽음이 아니라면 결코 해결될 수 없는 막막함 앞에서 외로웠을 그 형을 기한은 느낄 수 있었다.

순간 섬광이 내리꽂히듯 기한의 머릿속에 선명한 충격이 훑고 지나갔다.

'죽음이라는 것이 이렇게 가까이 있었구나! 하루아침에 삶을 끊을 수 있구나! 나 또한 꾸역꾸역 하루를 살아 내지 않아도 되는구나! 그것도 방법이구나!'

기한은 스스로도 예상하지 못했던 동요를 추스르지 못하고 허둥거렸다.

그 형의 죽음에 대해서 아이들 의견은 분분했다. 수능 성적 때문에 비관한 것이라는 둥, 고급 공무원인 아버지와 충돌이 잦았다는 둥, 원래 우울증이 있었다는 둥, 여자 친구한테 차였다는 둥(그 여자 친구는 함구 중이란다), 결국 뜬소문만 난무한 채 아무도 그 진실을 알지 못했다.

아이들 반응도 다양했다. 찔찔 우는 아이가 있는가 하면, 흥분해서 이리저리 소문을 물고 와 떠들어 대는 아이가 있고, 이런 소용돌이가 귀찮은 듯 입을 꼭 다물고 있는 아이가 있는가 하면, 학교에 분향소를 마련해 전교생이 추도를 해야 한다고 목소리를 높이는 아이도 있었다.

조회 시간에 담임이 들어와 길게 훈시를 늘어놓았다. 담임은 학년이 마무리되는 시점에 생긴 이 불상사가 적잖이 당혹스럽고 거추장스러운 듯했다. 이 일이 어서 조용히 지나가 주길 바라는 눈치가 역력했다. 훈시의 요지는 안타까운 일이지만 곧 수험생이 될 여러분은 동요하지 말고 차분한 마음으로 학업에 정진하라는 것이었다.

담임의 말에 기한은 비위가 상했다. 수험생은 마음이나 감정조차 가지면 안 된다는 말인가. 수험생이기 이전에 열여덟 청춘이다. 이성이나 논리보다 감정에 따라 움직일 수밖에 없는 나이다. 그래서 이팔 청춘이 아름답다고 떠들어 대는 것도 어른들이다. 늘 아이들을 향한 어른들의 잣대는 모순으로 가득 차 있다.

'빌어먹을!'

갑갑증이 밀려왔다. 꼼쥐와 병원에 누워 있는 아이와 자신의 목을 조여 오며 괴롭히는 환영까지 합세해 속이 메슥거렸다. 곧 1교시 수업이 시작될 테지만 기한은 숨 막히는 갑갑증을 견딜 수 없어 교실을 나왔다.

해묵은 교정은 커다란 나무 기둥, 꺾어진 돌 축대, 촘촘히 얽힌 등나무 등으로 기한이 남의 눈에 띄지 않고 거닐 수 있게 해 주었다. 기한은 교정을 배회하는 자신이 마치 풍경화 속의 이물질처럼 느껴졌다. 뜬금없이 박힌 돌처럼 자신이 왜 이곳에 있는지, 왜 있어야 하는지 알 수 없었다. 스스로 선택한 것도 아니었고, 더더욱 이곳이 자신을 필요로 하는 것 같지도 않았다.

화단엔 며칠 전 내린 눈이 얼었다 녹기를 반복해 자그마한 구멍이 숭숭 나 있었다. 손으로 쥐었더니 바스락하고 흩어졌다. 얼얼해진 손바닥을 내려다보는데 눈물이 핑 돌았다. 기한은 문득 사라지고 싶었다. 이곳에 서 있는 자신이 스스로 선택한 게 아니라면, 사라지는 건 선택할 수 있었다.

억지로 살아야 할 이유는 없었다. 기한이 원한다면 돌덩이처럼 가슴을 누르는 이 갑갑하고 막막한 하루하루를 끝낼 수 있었다. 이런 나날들을 견디기보다 죽음으로 끝내고 싶다는 충동이 밀려왔다. 순간 무거운 짐을 내려놓은 것같이 홀가분해지는 기분이 들었다. 기한은 발갛게 언 손을 꼭 쥐었다.

쉬는 시간을 이용해 가방을 챙겨 교실을 나왔다. 재민이가 뒤에서 구시렁거리는 소리를 들었지만 기한에겐 어떤 말도 귀에 들어오지 않았다. 마음을 먹고 나니, 이곳에 조금도 머물고 싶지 않았다.

기한은 수첩을 펼쳤다. 그리고 날짜 옆에 작은 글씨로 써 넣었다.

D-day 3일.

겨울방학이 시작되는 날.

아이들의 수선스러움을 겪지 않아도 되는 날.

방학이 지나가고 나의 죽음이 과거형으로 잊혀질 수 있는 날.

난 이 세상과 안녕을 고할 것이다.

D-day 2일.

죽기로 결심한 뒤, 나를 사로잡은 생각은 어떻게 죽느냐 하는 것이다.

나의 죽음을 함부로 다루고 싶지 않다.

그것이 내 짧은 생에 대한 마지막 예의라고 생각한다.

지난밤 기한은 한숨도 자지 못했다. 어떻게 죽을 것이냐 하는 문제
는 단지 죽는 방법만으로 해결되지 않았다.

죽는 방법은 의외로 상투적이어서 생각할 여지가 적었다. 상상력
을 발휘하면 수십 가지, 아니 수백 가지도 넘겠지만 기한이 선택할
수 있는 현실 가능한 방법은 몇 가지 되지 않았다. 투신이나 약물 복
용(생명에 치명적인 약을 구하는 일이 성가시다), 목을 매거나 가스

중독, 손목을 긋는(오토바이 사고 뒤 피를 보는 것에 대한 면역력이 극도로 떨어져 있다) 정도가 고작이다. 죽는 방법은 오래 고민할 만큼 복잡한 문제가 아니었다. 기한이 원하기만 한다면 어떤 방법으로든 죽을 수 있으니까.

잠을 이룰 수 없었던 건 널뛰듯 요동치는 감정 때문이었다. 스스로 결정한 죽음 앞에서 기한은 불안해지기도, 초조해지기도, 또 편안해지기도 했다. 그럴 때마다 자살을 했다는 3학년 형을 떠올렸다. 15층 베란다에서 발을 떼어 놓고 공중에 떠 있던 순간 그 형은 어떤 기분이었을까? 하늘을 날듯 자유로웠을까, 아님…… 되돌리고 싶은 후회 혹은 추락에 대한 공포였을까?

동틀 무렵 기한은 기진맥진 지쳐 버렸다. 이렇게 삼 일을 기다릴 수 있을까? 당장 내일이라도, 아니 지금 당장이라도 끝낼까 하는 충동으로 들썩였다. 하지만 참아 냈다. 조용히 그리고 차분히 준비된 죽음을 맞이하자는 자신의 마지막 바람을 지키고 싶었다.

학교도 가지 않으니 시간이 넘쳐 났다. 죽기로 작정했는데 꾸역꾸역 학교에 가고 싶진 않았다. 기한은 집을 나와 피시방으로 가기로 했다.

엘리베이터를 내려 현관으로 나가려는데 아파트 단지 앞을 서성거리는 꼼쥐가 눈에 띄었다. 늘 달고 다니는 두 녀석과 함께였다. 이틀만 피하면 앞으로 영원히 꼼쥐와 마주칠 일은 없을 것이다. 엄마에게 학원비를 받을 때마다 느끼던 식은땀 나는 초조함보다, 꼼쥐를 피하는 편이 훨씬 나았다.

기한의 핸드폰이 울렸다. 꼼쥐였다. 기한은 전화기의 배터리를 빼고 슬금슬금 뒷걸음질 쳐 계단을 통해 지하 주차장으로 내려갔다.

주차장을 가로질러 자신의 동과 멀리 떨어진 7동 현관 앞으로 나왔다. 꼼쥐 시야에 잡힐 만한 거리는 아니었지만 기한은 재빨리 튀어나와 단지 뒤 쪽문으로 빠져나왔다. 곧 꼼쥐와 식물인간이 된 그 아이를 벗어날 수 있다는 생각에 홀가분해지는 기분이었다.

한산한 피시방엔 골수 게이머 둘이 퀭한 얼굴로 의자에 기대어 자고 있었다. 기한은 습관적으로 인터넷 포털사이트의 잡다한 뉴스거리들을 검색했다. 어떤 연예인이 누구와 열애설이 나서 속상하다, 불황 때 콘돔 판매량이 증가하는 이유, 연쇄 살인범의 얼굴 공개에 대한 논란, 철거민 농성을 경찰이 강제 진압하다가 여섯 명이 죽었다, 세계를 제패한 한국 피겨 스케이팅의 요정……. 자신이 죽어도 뉴스는 계속 쏟아져 나올 거란 생각을 하자 기한은 잠깐 억울해졌다. 하지만 곧 상관없었다. 어차피 살아 있어도 세상은 자신과 무관하게 돌아갈 테니까.

문득 검색창에 '자살'을 쳤다. 그러자 '당신 곁에 우리가 있어요.'라는 커다란 문구가 눈에 들어왔다. 그 밑으론 자살예방센터들이 쭉 링크되어 있었다. 느닷없이 튀어나온 그 문구 때문에 기한은 비위가 상하고 말았다. 언제부터 당신들이 내 곁에 있었던 거지? 묻고 싶었다. 늘 자기들 세상에 빠져 사는 엄마 아빠가 '우리가 널 얼마나 사랑

하는 줄 아니?' 하고 얼굴을 들이밀기라도 하는 것처럼 역겨웠다.

기한은 주저 없이 창을 닫고 종종 드나들던 조이페이퍼 카페로 클릭해 들어갔다. 종이 한 장으로 뭐든 만들어 내는 카페였다. 처음엔 종이접기로 가지각색의 비행기를 만드는 카페였는데 요즘은 건담, 윙제로 커스텀, 슈퍼마리오 등 다양한 종이 모형을 만드는 멤버들이 가세하면서 보는 재미가 쏠쏠했다. 기한은 주로 조용히 들어와 감상하고 나가는 축이다. 비행기 접기가 쉬워 보여 몇 번 따라해 봤지만 손끝이 야물지 못해 삐딱하거나 엉성해지기 일쑤여서 일찌감치 보는 걸로 만족하기로 했다.

카페는 텅 비어 있었다. 주 멤버층이 십대인 카페니 당연했다. 지금쯤 2교시 수업이 한창일 것이다. 기한은 느긋하게 음악을 골라 들으며 새로 올라온 작품들을 감상했다. 세계 최고의 전투기인 F-22 랩터를 올리브그린 색종이로 접어 올린 사진이 눈에 띄었다.

모양도 모양이지만 종이비행기의 생명은 비행 능력이다. F-22 랩터를 본뜬 종이비행기는 그 두 가지 조건을 모두 갖춘 듯 보였다. F-22 랩터를 꼭 빼닮은 몸체가 그렇거니와 주 날개 부분 뒤쪽에 플랩을 만들어 안정된 비행을 할 수 있도록 했다. 종이비행기는 모양을 내면 낼수록 머리 부분이 무거워져 날렸을 때 앞으로 처박히는 경우가 태반이다. F-22 랩터 비행기를 제대로 아는 녀석의 솜씨였다.

누가 올렸나 봤더니 역시 '서머 스노우맨'이다. 종이비행기 접기만을 고집하는 녀석이었다. 이 방면엔 카페에서 최고 수준이다. 일전엔 삼단 날개의 포커 드리덱커를 접어 올려 모든 카페 멤버들을 감탄하게 했었다.

서머 스노우맨, 꽤 멋을 부린 닉네임이다. 자기를 과장하고 싶어 안달이 난 이런 애들은 재수 없다. 하긴 닉네임이 '빈센트' 인 기한도 큰소리칠 입장은 아니지만 이 녀석처럼 모호한 의미로 스스로를 과시하지는 않는다.

기한은 금방 지루해지고 말았다. 자신에게 떠넘겨진 시간을 때우는 일이 생각보다 버거웠다. 남들이 만들어 놓은 스케줄에 따라 시간을 때우는 데 너무 익숙해진 탓이리라. 카페에서 나가려다 '한 줄 메모장' 이 눈에 들어왔다. 기한은 충동적으로 메모장에 커서를 올려놓고 자판을 두들겼다.

'이틀 뒤 난 죽으러 간다.'

왜 그랬을까? 삭제할까 잠시 망설이다가 기한은 그냥 내버려 두었다. 가슴 절절한 유서를 남기고 싶은 사람도 없는 자신의 죽음에 대해, 어딘가에는 그 표식을 남기고 싶다는 생각 때문이었다. 어차피 이 카페에선 기한이 아닌 빈센트가 던진 말일 테니까.

머리가 멍해질 때까지 게임을 했다. 그래도 시간이 남았다. 의자에 기대어 눈이라도 붙여 볼까 했는데 도통 잠이 오지 않았다. 이놈의 잠은 영원히 잠든 후에나 가능할지 모르겠다.

남은 시간을 영화 한 편으로 때웠다. 흡혈귀 소녀와 어떤 녀석에게 괴롭힘을 당하는 소년의 우정인지 사랑인지 뭐 그런 내용의 영화였다. 죽음 없이 영원히 흡혈귀로 살아가야 하는 소녀에게 산다는 건 어떤 느낌일까 하는 생각이 들었다. 시종일관 무표정한 그 소녀의 얼굴엔 지루한 빛이 역력했다. 역시 산다는 건 지루하다.

저녁 무렵이 다 되어서야 영화관에서 나왔다. 배가 몹시 고팠다. 그러고 보니 점심도 먹지 않았다. 굶어 죽을 생각은 없지만 배가 고픈 것도 이상했다. 죽기로 작정한 마당에 허기를 어떻게 채울까 눈이 반짝반짝해지다니.

길거리 포장마차에서 어묵이며 떡볶이를 위 속으로 밀어 넣었다. 아무 맛도 나지 않는 걸 기한은 우걱우걱 씹어 삼켰다. 어서 빨리 이 모든 걸 끝내고 싶다는 생각이 간절해졌다.

어두운 거실에 들어설 때마다 느끼던 한기가 오늘따라 유난히 외롭게 느껴졌다. 엄마는 미술 학원에 있는 수정이를 데리러 갔을 것이다. 기한이는 어둠에 잠긴 거실을 피해 방으로 들어와 불을 켰다.

누구나 가족과 집에 대해 몸과 마음이 반응하는 원초적인 느낌이나 색깔이 있다. 기한에게 집과 가족은 건조한 무채색이다. 색채의 생기가 빠진 기대도 바람도 없는 억지스런 고요. 기한은 늘 그 고요의 한 귀퉁이에 홀로 서 있는 기분이었다.

뒤이어 현관문 열리는 소리가 들리더니 수정이의 짜증 섞인 목소리가 들려왔다.

"내가 전화하면 오랬잖아. 애들하고 노래방 가기로 했는데 엄마 때문에 다 망쳤잖아."

"미술 대회가 얼마나 남았다고 그래? 대회 끝나면 실컷 놀아. 알았지?"

수정이를 달래는 엄마의 목소리는 아예 사정 조였다.

"누가 예고 가고 싶대? 그림 그리는 것도 지겨워!"

거칠게 수정이 방문이 닫히는 소리가 들렸다.

"수정아, 문 좀 열어 봐. 엄마랑 얘기 좀 하자."

수정이 방문 앞에서 전전긍긍하고 있을 엄마의 모습이 눈에 선하다. 기한은 화장실에 가고 싶은 걸 지그시 참았다. 수정이 방문 앞에서, 엄마의 애끓는 연모는 한참 동안 이어졌지만 역시나 오늘도 엄마의 참패로 끝났다. 가족 중에 엄마가 약한 모습을 보이는 유일한 사람이 수정이였고, 수정이에겐 그런 엄마를 아무런 가책 없이 묵살할 힘이 있었다.

밖이 조용해진 틈을 타 방에서 나왔지만 기한은 엄마와 마주치고 말았다. 마치 투명 인간을 보듯 기한을 지나치고 말 엄마였지만 오늘은 무슨 일인지 기한을 불러 세웠다. 결코 반가운 일은 아닐 터였다.

"너 학교 안 갔다며?"

엄마의 목소리엔 어떤 감정도 담겨 있지 않았다. 어떤 질책도 호기심도 드러나 있지 않은 무심한 음성이었다.

"시끄러워지는 거 싫으니까, 내일은 가라."

그게 다였다. 엄마는 기한이 왜 학교에 가지 않았는지, 학교에 가지 않고 무엇을 했는지, 아무것도 묻지 않았다. 다른 날 같으면 그러려니 하고 자리를 떴을 기한이었지만 오늘은 가슴 밑바닥에서 무언가가 꿈틀하고 튀어나왔다.

"학교에 왜 안 갔는지 궁금하지 않으세요?"

냉정함을 유지하고 싶었는데 목소리가 가늘게 떨려 나왔다. 엄마는 새삼스럽게 왜 그러냐는 듯 기한을 빤히 쳐다보았다. 마치 징그러운 벌레를 보고 있는 듯한 눈빛이었다.

"제발 그런 눈으로 보지 마세요!"

기한의 감정이 격하게 불거져 나오고 말았다. 기한이 엄마에게 이처럼 감정을 드러내는 일은 어울리지 않는데, 잠을 못 잔 탓인 듯했다. 뒤늦게 후회했지만 이미 터져 나온 감정을 주워 담을 수도 없었다.

파르르 떨고 있는 엄마의 손이 보였다. 분노든, 미움이든, 아님 다른 어떤 것이든, 엄마는 기한에 대해 엄청난 참을성을 발휘하고 있는 중이었다. 기한은 엄마가 자신에게 왜 그토록 참을성이 필요한 것인지 알 수 없었다.

"쥐 죽은 듯이 조용히 학교 마쳐. 그럼 독립시켜 줄 테니까."

안으로 감춰진 감정에 비해 엄마의 목소리는 빈틈없고 차분했다. 그것이 더 무섭고 섬뜩하게 기한의 가슴에 꽂혔다. 기한은 순간 엄마가 진심으로 바라는 건 자신이 영원히 사라져 주는 것이 아닐까 하는 생각이 들었다.

엄마의 무심하고 차가운 시선. 엄마는 단 한 번도 기한을 따뜻한 눈으로 들여다본 적이 없었다. 엄마는 집착에 가까운 애정을 수정이에게만 쏟고 있었다. 길들여질 만도 한데 기한은 순간순간 가슴 한쪽이 시렸다. 유독 기한에게 엄격하고 빈틈을 보이지 않는 엄마에게 응석이나 어리광 같은 건 부려 볼 엄두도 내지 못했다.

초등학교 1학년쯤이었을 것이다. 감기 때문에 열이 오르내리던 밤, 기한은 용기를 내어 엄마 방으로 갔다. 아프다는 핑계로 엄마 곁에서 자고 싶었다. 수정이가 늘 그랬듯이 자신도 한번쯤은 그러고 싶었다.

베개를 들고 안방에 들어선 기한을 보고 서늘하게 일그러지던 엄마의 표정을 잊을 수가 없었다. 기한은 여기서 자고 싶다는 말도 꺼내지 못하고 서 있었다.

"애기처럼 굴지 마. 넌 수정이랑 다르니까."

건조하면서 단호한 엄마의 목소리가 기한을 방에서 밀어냈다. 제 방으로 돌아온 기한은 베개에 얼굴을 묻고 울었다. 외로움이 열감기보다 더 아프고 견디기 힘들다는 걸 그날 밤 처음으로 알았다.

그 뒤로도 기한은 엄마에게 빠져 있는 그 무엇인가를 얻으려고 여러 가지 시도를 했다. 예의 바르고 말 잘 듣는 아이가 되어 보기도 하고, 열심히 공부도 해 봤다. 하지만 엄마의 관심은 기한에게 닿지 않았다. 결코 자신의 것이 될 수 없다는 걸 뼈저리게 깨달은 뒤에야, 기한은 엄마를 향한 마음을 닫았다. 그러고 나니 엄마를 견디는 게 조금은 수월해졌다.

'시끄러워지는 거 싫으니까, 내일 학교에 가라고?'

기한은 쓴웃음을 지었다. 시끄러워지는 게 싫긴 기한도 마찬가지였다. 하지만 이틀 뒤에 있을 자신의 죽음이 엄마의 뜻대로 조용히 지나가지만은 않을 것이다.

기한은 잠이 오지 않아 침대에 누워 한참을 뒤적였다. 오늘도 불면이 계속될 모양이다. 몸은 제발 자게 해 달라고 아우성치는데 머리는 절대 잠이 들지 않겠다고 고집을 피운다. 피곤하다. 잠을 자긴 글렀다. 기한은 또 하릴없이 인터넷을 뒤적거리다가 카페 조이페이퍼에 들어갔다.

세상에! 기한은 잠시 어리둥절해 카페 창에서 눈을 떼지 못했다. '이틀 뒤 난 죽으러 간다.' 그의 짧은 글에 대한 반응은 놀랄 만큼 뜨거웠다. 줄줄이 달린 댓글을 천천히 읽어 내려갔다.

— 뻥 치시네. 죽겠다고 선전포고하는 놈치고 진짜 죽는 새끼 못 봤당.

— 희망을 가져요. 행복한 날도 있답니다.

— 죽던가. 카페에서 이러지 말고 당장 죽으셈.

— 자살은 죄악이어요. 당신의 생명은 하나님의 것입니다.

— 그래? 어디서 몇 시에 죽을 건데? 구경 가도 되남?

— 힘든가요? 내가 아는 자살 상담 번호예요. 지금 당장 전화해 보세요. 0000-0000

— 너 죽는 모습 동영상 촬영해 팔면 대박인데…….

더 이상 읽고 싶지 않았다. 남들이 자신의 죽음을 가볍게 취급하는 것도 기분 나쁘지만 섣부른 위로나 충고로 끼어드는 건 더더욱 싫었다. 기한은 그런 글을 남긴 자신이 바보처럼 느껴졌다. 그때 댓글 하나가 눈에 들어왔다.

— 나도 같이 가자. 혼자보단 둘이 덜 힘들 거야.

'이건 또 뭔가? 같이 죽자는 거야?'

인상적이긴 하지만 마음에 와 닿진 않았다. 누가 쓴 건가 봤더니 '서머 스노우맨'이다. 이 녀석 재수 없다 싶었는데 왕따임에 틀림없다. 종이접기 선수가 된 것도 혼자 노는 유일한 방법이기 때문일 것이다. 기한은 가슴이 답답해졌다.

잠이 올 것 같지 않아 주섬주섬 옷을 주워 입고 집을 나왔다. 시계를 보니 새벽 1시 30분이 지나고 있었다. 딱히 갈 곳도, 가고 싶은 곳도 없었지만 찬바람이라도 들이켜지 않으면 숨이 막힐 것 같았다.

아파트 공원을 돌아서는데 낯익은 남자의 실루엣이 눈에 들어왔다. 아빠였다. 아빠는 술에 취한 듯 가볍게 몸을 흔들며 벤치에 앉아 있었다. 양손을 외투 주머니에 찔러 넣은 채 아빠는 하얀 입김을 내뿜으며 멍하니 하늘을 바라보고 있었다.

아빠의 모습은 처연할 정도로 쓸쓸해 보였다. 이 추운 밤, 집 앞 벤치에 아빠를 머물게 하는 것은 무엇일까? 아빠는 지금 무슨 생각을 하고 있는 것일까?

아빠는 늘 기한이 가까이 다가갈 수 없는 견고한 벽 안에 머물렀다. 엄마의 무심하고 서늘한 시선을 피해 아빠에게 기대고 싶었지만 아빠는 엄마와 다른 방식으로 기한을 밀어냈다.

작은 컴퓨터 프로그램 회사를 운영하고 있는 아빠는 일에 매달려 사는 것 같았다. 평일에 아빠와 마주치는 일은 극히 드물었고 주말에도 아빠는 회사에 나가거나 낚시에 빠져 살았다. 어쩌다 가족과 함께 있는 날이면 아빠는 자신의 자리를 찾지 못해 허둥거렸다.

아빠가 일에 매달리는 것도, 주말까지 집에 있으려고 하지 않는 것도 다분히 고의적이라는 느낌이 강했다. 애초부터 각방을 쓰고 있는 아빠와 엄마가 자연스러운 부부 관계가 아니라는 걸 알게 되면서 기한은 눈치챌 수 있었다. 아빠에게 집은 불편하고 벗어나고 싶은 곳이라는 걸 말이다.

아빠와 엄마 사이에 흐르는 냉랭함에도 불구하고 기한은 둘이 소리 높여 싸우는 모습을 본 적이 없었다. 큰 소리로 싸운 뒤 곧 희희낙락하는 게 가족이라는 걸 알게 된 뒤, 기한은 그런 아빠와 엄마가 더 무섭게 느껴졌다.

아빠는 가족 전체로부터 도망치는 사람처럼 보였다. 언젠가 여행을 갔을 때, 길을 걸어가던 가족의 모습이 기한의 마음에 선명하게 박혀 있다. 엄마는 수정이 손을 꼭 잡고 고집스럽게 앞서 걸어가고, 아빠는 두어 걸음 뒤에 걷고 있었다. 기한은 아빠를 뒤따랐다. 아빠의 커다란 등은 누군가 다가오는 걸 쉽게 허락하지 않으려는 듯 단단해 보였다. 기한은 그런 아빠에게 다가갈 엄두조차 내지 못했다. 아빠는 이따금씩 힐끗 뒤돌아보긴 했지만 기한이 바라는 대로 손을 내밀어 주지는 않았다. 그때의 가족 풍경은 함께 있지만 함께라고 할 수 없는 기이한 모습으로 기한의 가슴에 박혔다.

아빠는 벤치에서 일어날 기색 없이 여전히 밤하늘을 바라보고 있다. 저렇듯 혼자이길 고집하는 아빠가 기한은 원망스럽고 미웠다.

기한은 그런 아빠를 더는 보고 싶지 않아 돌아서 왔다. 온몸에 맥이 풀린 듯 침대 위로 풀썩 쓰러지고 말았다. 정말 지치는 하루였다. 얼마 뒤, 아빠가 현관문을 열고 들어오는 소리가 들렸다. 아무에게도 자신의 귀가를 알리고 싶지 않은 것처럼 늘 아빠의 움직임은 조심스러웠다. 혹시 아빠가 자신의 방문을 열어 주지 않을까 하는 헛된 바람 따윈 일찌감치 접은 기한이었다. 하지만 오늘밤, 그것을 다시 한번 확인한다는 것이 기한을 무참하게 했다.

기한은 벌떡 일어나 창가로 갔다. 창문을 열자 어두움 저편에서 찬 바람이 훅하고 끼쳐 왔다. 날 선 바람이 서럽고 외로웠다. 13층. 목숨을 끊기엔 부족하지 않았다. 순간, 당장 뛰어내리고 싶은 충동이 일었다. 모레까지 기다릴 이유는 없었다. 자신의 죽음에 대해서 아이들이 시끄럽게 구는 거, 기한이 알 바 아니다. 그땐 이미 이 세상 사람이 아닐 테니까.

기한은 창문 앞에 의자를 가져다 놓고 올라섰다. 천천히 창밖으로 몸을 빼 아래를 내려다보았다. 가로등 불빛에 뿌옇게 흐려진 화단이 아찔하게 멀어 보였다. 멀미처럼 현기증이 일었다. 몸을 길게 빼 앞으로 숙이려는 순간, 섬뜩한 두려움이 뒷덜미를 잡아채 기한은 튕기듯 몸을 일으켜 세우고 말았다. 창턱을 붙잡고 서서 기한은 소스라치게 놀랐다.

'죽고 싶지 않은 거니?'

자신에게 물었다.

'아니, 죽고 싶어.'

'그럼, 뭐가 문제야?'

'모르겠어. 그냥…… 무서웠어.'

죽음을 결심하는 것과 죽음을 실행하는 것 사이에 이렇게 큰 두려움이 가로막고 있을 줄 몰랐다.

기한은 벽에 등을 기댄 채 주저앉았다. 두려움 때문에 죽지도 못하는 게 아닐까 하는 생각이 들자 온몸에 힘이 쭉 빠졌다. 무서운 건 잠깐이지만 살아가는 건 수십 년이 될지도 모른다. 수십 년을 견뎌 내는 건 더 끔찍한 일이 될 것이다.

기한은 미처 예상하지 못한 난관 앞에서 허둥거렸다. 자신에겐 죽을 용기조차 없는 것이 아닌가 싶어, 자괴감이 밀려왔다. 울컥 가슴 밑바닥에서 올라오는 서러움을 기한은 꾹 눌러 참았다.

마음을 가다듬는 데 시간이 걸렸다. 모든 걸 끝내고 싶다는 충동은 여전히 기한을 사로잡고 있었다. 고층 아파트에서 뛰어내린다는 것이 자신과 맞는 죽음의 방법이 아닐지 모른다는 생각이 들었다. 분명히 다른 방법이 있을 것이다.

　문득 혼자보단 둘이 덜 힘들 거라던 '서머 스노우맨'의 댓글이 떠올랐다. 어쩌면…… 그 녀석의 말이 맞을지 모른다. 함께 실행에 옮길 수 있는 상대가 있다면 죽음이 이렇게까지 두렵진 않을 거라는 생각이 들었다.

3

D-day 1일

내 몸이 반쯤 공중에 떠 있는 느낌이다. 감각도 의식도 칼날처럼 예민해지다가, 물먹은 솜뭉치처럼 물컹해지기를 반복한다. 불면 때문이다. 피곤하다. 내일이면 영원히 잠들 수 있다.

오토바이 사고로 쓰러진 아이가 머리에 피를 흘리며 기한을 쫓아온다. 도망가려고 몸을 움직이는데 말을 듣지 않는다. 눈까지 감고 있는 아이의 얼굴은 아무런 표정이 없다. 그 무표정이 섬뜩하고 소름끼친다. 기한은 온 힘을 다해 앞으로 나아간다. 하지만 다리는 마치 슬로비디오처럼 겨우 한두 발 떼어 놓았을 뿐이다. 조급하고 초조한 마음만 앞서고 몸은 쇳덩이처럼 무겁다. 그때 피로 물든 하얀 시트 위의 손가락이 기한에게 손짓을 한다. 멈칫 굳어 선 기한의 뒷덜미를 그 아이가 잡아챈다. 기한은 빠져나가려고 발버둥치려 하지만 손가락 하나 움직여지질 않는다.

죽은 건지, 살아 있는 건지 잠결에도 혼란스럽다. 아직 살아 있어 다행이었다가, 죽었구나 안도하기도 한다. 앞뒤가 맞지 않는 감정이 뒤죽박죽 떠다닌다. 아이의 손은 여전히 기한의 뒷덜미를 잡고 있다.

'제발 놔 줘!'

기한은 번쩍 눈을 떴다. 꿈이었다. 지독한 두통과 한기가 몰려와 기한은 몸을 웅크린 채 한참을 일어나지 못했다. 요 며칠 부쩍 가위에 눌리는 악몽에 시달리고 있다. 땀으로 축축해진 속옷이 피부에 들러붙어 불쾌했다. 또 이렇게 하루를 시작해야 한다는 것이 몸서리쳐지게 싫었다. 오늘 하루만 견디면 된다. 기한은 그 생각에 집중하며 몸을 일으켜 세웠다.

엄마는 시끄러워지는 게 싫으니까 학교에 가라고 했지만 기한은 오늘도 피시방으로 향했다. 또 결석했다며 걸려 올 담임의 전화에 엄마는 적당히 둘러댈 것이다. 오늘은 방학식 날이고 엄마가 원하는 건 시끄러워지지 않는 것일 테니까.

핸드폰이 울린다. 발신자를 확인해 보니 꼼쥐였다. 기한은 벨 소리를 진동으로 바꾸고 전화를 받지 않았다. 어제 하루 종일 핸드폰을 끄고 있었더니 꼼쥐로부터 온 메시지가 가득했다. 협박과 회유기 뒤

섞인 조잡한 메시지를 기한은 모두 삭제해 버렸다. 답답하다. 그냥 넘어가 줄 꼼쥐가 아니었다. 그리고 식물인간으로 누워 있는 그 아이는……. 기한은 고개를 흔들었다. 더는 생각하고 싶지 않았다. 오늘 하루만 견디면 된다. 오늘 하루만.

피시방엔 낯익은 얼굴 몇 명만이 자리를 차지하고 있었다. 기한은 '서머 스노우맨'의 또 다른 글이 올라오지 않았나 싶어 카페에 들어갔다. 스노우맨의 댓글은 더 이상 없었다. 그냥 한번 던진 말이었나 보다. 그래, 이런 일에 누굴 동반한다는 건 번잡스러운 일이다. 카페를 나오려는데 1 대 1 대화 요청 창이 날아왔다. 누군가 봤더니 '서머 스노우맨'이다. 이 시각에? 이 녀석 학교는 벌써 방학을 한 건가? 기한은 잠시 망설이다가 대화 허용 버튼을 눌렀다.

— 아직 안 죽었구나? ^^*

스노우맨 녀석, 첫인사치고 참 살벌하다.

— 응.

기한은 무심하게 대답했다.

— 짬 날 때마다 널 기다리고 있었어. 안 들어오길래, 벌써 죽은 줄 알았잖아.

— –; 휴~~ 다행! 다행!

— …….

스노우맨은 꽤 수다스러웠다.

— 아직 마음 안 바뀐 거야?

— 응.

— 같이 가자. 혼자는 겁나잖아. 서로 도와주면 낫지 않겠어?

기한은 선뜻 답을 할 수가 없었다. 아무것도 모르는 누군가와 일생 일대의 중요한 순간을 함께한다는 게 아무래도 꺼림칙했다. 기한의 대답이 없자 스노우맨이 보채 왔다.

— 돕고 살자~~

피식 웃음이 새어 나왔다. 스노우맨 녀석은 이런 결정이 참 쉬운 모양이다. 거침없이 치고 나오는 녀석의 태도가 기한은 나쁘지 않았다.

— 돕고 죽자겠지.

— 암튼 같이 가는 거다? 내일 저녁쯤 시간과 장소 연락할게.

— 저녁이면 너무 늦은 거 아냐?

— 어쩔 수 없어. 몰래 나갈 수 있는 시간은 그때뿐이야.

기한은 밤에 만나 죽음을 도모한다는 것이 껄끄러웠지만 스노우 맨의 사정이 그렇다니 어쩔 수 없는 일이었다.

— 널 어떻게 알아보지? 낼 뭐 입고 올 건데?

스노우맨이 물어 왔다. 아무렇게나 던져진 점퍼가 눈에 들어왔다.

— 파란색 점퍼.

— 오케이! 한눈에 찾을 수 있겠당. 내 핸폰 번호 000-000-0000.

지금 내 핸폰으로 니 번호 날려 줘.

문자 쏠게. 낼 봐~ 나 지금 나가 봐야 돼. 빠이~

순식간에 자기 할 말만 하고 스노우맨은 휘리릭 사라졌다. 참 이상

한 녀석이다. 기한은 잘한 결정인지 확신이 들지 않아 얼떨떨한 기분으로 모니터를 바라보았다.

하루만 넘어가 주길 그렇게 바랐건만, 기한은 꼼쥐와 맞닥뜨리고 말았다. 죽기 전에 몸이라도 정갈하게 할 요량으로 사우나에 갔던 게 화근이었다. 아무 생각 없이 터덜터덜 아파트 단지 입구로 들어서다가 꼼쥐와 딱 눈이 마주친 것이다. 내일에 대한 생각에 빠져 기한은 꼼쥐에 대해서 방심하고 있었다.

기한은 그대로 돌아서 뛰기 시작했다. 지금 이 순간만 모면하면 된다. 그럼 영원히 저 꼼쥐 새끼 볼 일은 없을 것이다. 기한은 뒤도 돌아보지 않고 달리고 달렸다.

마음이 앞선 탓이었을까. 몸은 앞으로 쏠리는데 다리가 따라 주지 않았다. 그대로 곤두박질쳐 넘어진 기한을 꼼쥐의 패거리 녀석이 달려들어 뒷덜미를 잡아챘다. 뒤이어 달려온 꼼쥐가 거친 숨을 몰아쉬며 기한에게 얼굴을 들이밀었다.

"좀만 한 새끼가 땀구멍 열리게 하네. 너 쌩까면 죽는다고 했지."

엉거주춤 엎어져 있는 기한의 얼굴에 꼼쥐의 발이 날아왔다. 옆으로 나동그라지는 순간 기한은 눈앞이 노래졌다. 제대로 맞았는지 코에서 뜨듯한 코피가 쏟아졌다.

"돈은 준비됐지?"

코피를 훔치며 힘겹게 일어나는 기한에게 꼼쥐가 물었다.

“아직.”

“이 새끼 이거, 너 쌩깔라고 작정했냐? 그래서 내 전화도 씹었냐?”

“……아냐, 그런 거.”

이런 녀석들 앞에서 비굴해지긴 싫었지만 지금 이 순간만 넘기면 된다는 생각으로 기한은 말을 이었다.

“모래까지는 어떻게든 될 거야.”

“그걸 나보고 믿으라고?”

꼼쥐는 침을 찍 뱉으며 콧방귀를 뀌었다.

“이틀만 기다려.”

‘그럼 영원히 기다리게 해 줄 테니까.’ 기한은 차마 잇지 못한 말을 속으로 뇌었다. 순간 꼼쥐가 기한의 멱살을 움켜잡았다.

“씨발, 내가 물로 보이냐?”

기한은 고개를 흔들었다.

“그럼, 증명해 봐 새꺄.”

꼼쥐가 음흉한 눈빛으로 기한을 쏘아보았다.

“……어떻게?”

꼼쥐의 기세에 기한은 불길한 예감이 들었다.

“바지 벗어. 신발도.”

꼼쥐가 싸늘하게 내뱉었다.

“뭐…… 무슨 소리야?”

기한은 사색이 된 얼굴로 꼼쥐를 바라보았다.

"바지 벗으라고 새꺄!"

"내일 점심까지, 그래 열두 시까지 꼭 해 줄게. 진짜야."

바지를 벗는 끔찍한 상황을 도리질하며 기한이 사정했다.

"그럼, 그래야지. 안 그럼 진짜 죽지. 식물인간 돼서 누워 있는 내 친구를 봐서라도 당근 그래야지."

"알았어. 약속 꼭 지킬게."

무릎까지 꿇은 기한을 꼼쥐는 잔인한 웃음을 띤 눈으로 바라보았다.

"그러니까 벗어."

"이러지 마."

기한의 얼굴이 공포로 일그러졌다.

"벗겨 주까?"

꼼쥐는 재미난 놀잇거리를 앞에 둔 것처럼 실실거렸다.

"제발……."

기한은 비참한 심정으로 사정했다.

"야, 이 새끼 잡아."

꼼쥐 패거리 녀석들이 양쪽에서 기한의 팔을 잡았다. 기한은 빠져나가려고 몸부림을 쳤지만 소용없었다. 꼼쥐가 기한의 허리띠를 움켜잡았다.

"벗기는 김에 이 새끼 물건이나 한번 보까."

꼼쥐 말에 양쪽의 두 녀석이 낄낄댔다. 기한은 온몸에 소름이 끼쳐 왔다.

“놔! 내가 벗을 테니까!”

이를 악물고 기한이 소리쳤다. 꼼쥐는 순순히 기한의 허리띠에서 손을 뗐다. 두 녀석도 팔을 풀어 주었다. 기한은 천천히 신발과 바지를 벗었다. 꼼쥐와 패거리는 시시덕거리며 지켜보았다. 다행히 외진 곳이라 지나는 사람은 없었다. 기한의 신발과 바지는 꼼쥐 패거리가 거둬 갔다.

“내일 열두 시 미래마트 앞이다. 또 약속 어기면 그땐 홀딱 벗겨질 각오 해.”

기한의 어깨를 툭 치고 꼼쥐는 가 버렸다. 자신의 몰골에 기한은 참담해졌다. 입고 있던 점퍼를 벗어 대충 아래를 가리고 두리번거렸다. 골목 어귀에서 사람들이 다가오는 소리가 들려왔다. 기한은 재빨리 건물 뒤로 숨었다.

사람들 소리가 멀어지고 더는 아무 소리도 들리지 않았지만 기한은 일어날 수 없었다. 환한 대낮에 이런 모습으로 거리로 나설 엄두가 나지 않았다. 추위 때문에 발과 다리가 시렸다. 기한은 소름이 돋은 다리를 점퍼로 감쌌다. 이럴 때 불러낼 친구 하나가 없는 자신이 서글펐다. 가슴이 납답해졌다. 이 갑갑증이 결국 기한의 숨통을 조이고 말 것이다.

어둠이 내려앉은 뒤에야 기한은 건물 뒤에서 나왔다. 다리가 저리고, 추위에 굳어 한참을 어기적거리며 걸었다. 집으로 가는 길, 자신을 쳐다보며 쑥덕거리는 사람들을 애써 외면하고 기한은 앞만 보고 걸어갔다. 그 순간 기한에게 유일한 위안은 내일이면 이 끔찍한 세상에서 영원히 벗어날 수 있다는 것이었다.

집에 돌아와 침대 속에 몸을 묻었다. 좀처럼 안정이 되지 않았다. 꼼쥐한테 차인 콧등이 욱신거렸다. 몸이 떨려 오고 가슴이 울렁거렸다. 추위 때문만은 아니었다. 열여덟 자신의 인생이 너무나 너절하고 한심해 서러웠다.

기한은 이불 속에 몸을 웅크린 채 떨었다. 앙다물고 있던 이빨 사이로 흐느낌이 새어 나왔다. 한번 터져 나온 흐느낌은 끈 떨어진 연처럼 제멋대로 복받쳐 올라왔다.

'괜찮아. 괜찮아질 거야. 내일이면 모든 게 끝나잖아.'

기한은 흐느끼는 자신을 그렇게 도닥거렸다.

4

마음이 편안하다. 오늘 나는 죽는다. 아직 실감이 나지 않는다.
내가 죽는 날에도 어제와 똑같은 아침이라는 것이 맥 빠진다.

저녁 8시 5분 전이다. 퇴근 시간이 지났는데도 용산역 앞엔 분주히
오가는 사람들이 많았다. 4번 출구. 스노우맨은 여덟 시에 용산역 4
번 출구에서 만나자고 문자를 보내왔다. 기한은 지하철역 입구 팻말
을 다시 한 번 확인하고 주위를 둘러보았다. 검정 패딩 점퍼를 입은
남자아이가 역 입구로 다가오는 게 보였다. 혹시 스노우맨인가 싶어
유심히 보았지만 아이는 기한을 스치고 역 안으로 들어가 버렸다.
　바람이 제법 매서웠다. 기한은 점퍼 깃을 여몄다. 스산한 바람처럼

오늘밤은 기나긴 밤이 될 거란 예감으로 부르르 몸을 떨었다. 그때 역으로 내려가는 계단에서 소란스러운 소리가 들려왔다.

"아저씨, 일어나세요. 여기서 이러고 자다간 큰일 나요."

빨간색 비니 모자를 눌러쓰고 빨간 목도리를 휘감은 여자애가 계단 참에서 자고 있는 노숙자를 흔들어 깨우고 있었다. 기한은 여자애 모습이 동화 속 빨간 망토를 떠올리게 해 우스꽝스러웠다.

"일어나라니까요."

처음엔 꿈쩍도 하지 않던 남자는 귀찮은 듯 손사래를 쳐 댔다. 여자애는 남자의 반응에 아랑곳하지 않고 남자 손을 잡아끌기까지 한다. 작고 강마른 여자애 힘으로, 작정하고 누워 있는 남자를 일으켜 세울 리 만무했다.

기한은 참 이상한 애다 싶었다. 요즘같이 험한 세상에 무슨 봉변을 당하려고 저러는 것인지, 여자애의 오지랖에 고개를 흔들었다. 과대 천사병에 걸린 아이임에 틀림없다.

"아저씨, 좀 도와주세요."

여자애는 자기 힘으로 도저히 안 되겠다고 판단했는지 지나가는 사람들에게 도움을 청하기 시작했다. 하지만 사람들은 노숙자를 힐 끗 쳐다보곤 피하듯 종종걸음 쳐 가 버렸다.

기한은 짐짓 인도 쪽에 시선을 던지면서도 여자애가 신경 쓰였다. 여자애는 끈질기게 남자를 깨웠다. 귀찮은 듯 남자가 부스스 일어 나는가 싶더니 자신의 팔을 잡고 있는 여자애를 신경질적으로 뿌리쳤다.

"아씨, 지랄이야!"

남자의 힘에 마르고 몸집이 작은 여자애는 애처로울 정도로 튕겨져 넘어졌다. 충격이 컸는지 여자애는 잠시 일어나지 못했다. 기한은 마치 못 볼 걸 본 것처럼 기분이 상했다. 봉변당할 게 뻔한 일에 기어코 나서는 여자애나, 그런 아이의 성의를 내동댕이치는 남자나 한심하게 느껴지긴 마찬가지였다.

그런데 그게 끝이 아니었다. 넘어졌던 여자애는 자리를 털고 일어나더니 다시 남자 앞으로 갔다.

"아저씨, 여기서 자다간 얼어 죽는다구요!"

"아씨, 지랄하지 말고 가."

남자는 잠에 취한 건지, 술에 취한 건지 흐리멍덩한 몸짓으로 손사래만 쳤다. 여자애는 그대로 물러서지 않았다. 잠시 난감해하던 여자애가 주머니에서 만 원짜리 한 장을 꺼내더니 남자의 손에 쥐여 주었다.

"이거 가지고 따뜻한 국물이라도 사 드세요."

돈을 보자 완강하게 버티던 남자가 비적거리며 일어섰다. 남자는 여자애한테 고맙다는 인사는커녕 뒤도 돌아보지 않고 층계를 올라왔다. 기한의 앞을 지나쳐 가는 남자에게서 지독한 악취가 풍겨 왔다. 기한은 움찔 한발 뒤로 물러서고 말았다.

"빈센트?"

　자신의 닉네임을 부르는 소리에 기한은 고개를 돌렸다. 맙소사! 방금까지 소란을 피우던 그 여자애가 기한의 앞에 서 있었다. 투명하고 차가워 보이는 하얀 얼굴에 활짝 웃음을 머금고 있는 여자애의 표정이 마치 밀랍 인형처럼 기묘한 인상을 주었다.

　“서머 스노우……맨?”

　기한은 제발 아니라고 말해 주길 바라며 물었다.

　“반가워.”

　여자애는 거침없이 기한에게 손을 내밀었다.

　“너…… 여자였어?”

　기한은 자신이 품었던 편견을 원망하며 온몸의 힘이 쭉 빠졌다. ‘맨’이라는 단어가 주는 편견, 게다가 여자애들은 종이로 꽃을 접지 비행기 따위는 접지 않을 거라는 편견까지. 기한은 스노우맨이 당연히 남자아이일 거라고 믿어 의심치 않았다.

　“왜? 내가 여자라 실망했어?”

　내밀었던 손을 거두며 스노우맨이 천진한 얼굴로 물어 왔다.

　“당연하지.”

　기한은 여자와 죽음을 동행할 마음이 없었다. 그것도 과도한 천사병에 걸려 무모하리만큼 오지랖 넓은 아이와 함께할 생각은 더더욱 없다.

　“어차피 죽는데 여자든 남자든 그게 무슨 상관이야.”

　스노우맨은 웃으며 기한의 대응을 구겨진 종이 버리듯 넘겨 버렸다.

“왜 상관이 없어?”

기한은 슬쩍 빈정이 상했다.

“뭐가 문젠데?”

스노우맨이 기한을 빤히 쳐다보았다. 생각해 보니 딱히 대답할 말은 없었다. 그렇다고 스노우맨처럼 아무렇지 않게 넘기기엔 께름칙했다.

“사람들이 어떻게 생각하겠냐? 남녀가 둘이서 동반 자살하면.”

스노우맨이 깔깔거리며 웃음을 터트렸다.

“너랑 나랑 로미오와 줄리엣이라고 생각할까 봐?”

“말도 안 돼!”

“거봐, 말도 안 되는 걱정은 왜 하는데? 우리한테 중요한 건 죽는 거잖아. 여자냐 남자냐가 아니구. 안 그래?”

기한은 도대체 이 아이의 머릿속엔 뭐가 든 건지 신기했다. 단순해서 분명하고, 그래서 거침없는 아이라는 건 확실했다. 늘 생각이 복잡해서 모호하고, 그래서 머뭇거리는 자신과는 참 다른 아이였다. 그래서 그런 걸까? 기한은 이 거침없는 아이의 태도 앞에서 자신이 약해지고 있다는 걸 느꼈다.

“걱정 마. 우리 둘만 가는 게 아니니까.”

마음의 갈피를 잡지 못하는 기한에게 스노우맨이 위로랍시고 던진 말이었다.

“우리 둘만 가는 게 아니라고?”

기한은 어안이 벙벙한 눈으로 스노우맨을 쳐다보았다.

"곧 두 명이 더 올 거야."

스노우맨은 아무렇지 않게 대답했다. 번잡스러운 게 싫어 방학이 시작되는 날을 디데이로 삼았던 기한이었다. 둘도 머리가 아파지려고 하는데 넷이라니! 기한은 떼 지어 죽음의 장소와 방법을 물색하는 모습은 상상하기도 싫었다.

"뭐야? 나랑 상의 한마디 없이……."

기한의 말이 채 떨어지기도 전에 스노우맨이 반갑게 손을 흔들며 소리쳤다.

"아, 저기 온다. 깡통!"

머리에 바가지 모양의 헬멧을 쓴 뚱뚱한 남자애가 뒤뚱거리며 다가오고 있었다. 헬멧의 정수리 부분엔 DMB 안테나처럼 생긴 뾰족한 안테나가 붙어 있고 전선줄 몇 가닥이 헬멧으로부터 길게 늘어져 커다란 배낭에 이어져 있었다. 어처구니없는 모습으로 등장하는 깡통을 보고 기한은 저절로 한숨이 나왔다. 한눈에 봐도 '똘아이'라는 걸 알 수 있었다.

숨을 헐떡거리며 다가온 깡통이 머뭇거리며 인사를 해 왔다.

"저, 그게 뭐였더라? 아… 맞아. 서머… 스노우맨, 안녕!"

스노우맨이 활짝 웃으며 깡통에게 손을 내밀었다.

"그 헬멧 덕분에 바로 알아봤어. 반가워."

깡통은 수줍게 스노우맨의 손을 잡고 흔들었다. '너무 과하게 눈에 띄는 게 문제지.' 얼굴이 잔뜩 일그러진 기한은 그들의 인사를 외면해 버렸다.

"얜 빈센트야."

스노우맨이 팔꿈치로 기한을 툭 쳤지만 기한은 깡통에게 고개도 돌리지 않았다. 이 생각지도 못한 상황에 적잖이 화가 나 있었다. 깡통은 기한의 반응에 별로 개의치 않는 것 같았다. 스노우맨은 어색해진 분위기를 바꿔 보려는 듯 활달한 목소리로 떠들어 대기 시작했다.

"빈센트, 깡통이 쓰고 있는 헬멧이 무슨 용도인 줄 알아?"

기한은 그 해괴망측한 헬멧이 무엇에 쓰는 물건인지 알고 싶지도 않았다. 당장 헬멧을 벗어 쓰레기통에나 처넣으라고 말하고 싶을 뿐이었다.

"깡통은 지금 UFO랑 접선을 시도하는 중이래. 저 헬멧 위에 안테나가 깡통하고 외계인을 이어 주는 거야. 재밌지?"

'재밌냐고?' 기한은 스노우맨의 질문에 어이가 없었다. 코미디라면 좀 웃기긴 하겠지만 우리가 살고 있는 건 현실이다. 현실에서 저런 생각과 몰골은 정신병원밖에 갈 곳이 없다고 말해 주고 싶은 걸 꾹 참았다.

"나도 외계인이 있다고 믿는데 깡통처럼 이렇게 실천적이진 못해. 깡통 정말 대단하지?"

스노우맨의 칭찬에 깡통은 수줍게 웃더니 중대한 발표라도 하듯 비장하게 입을 열었다.

"그, 뭐였더라. 여행 중에 외계인이랑 접선이 되면… 난… 빠질 거야."

기한은 그때까지만 해도 깡통이 말하는 여행이 무슨 의미인지 이해하지 못했다.

"저기, 샤인도 온다. 샤인, 여기야!"

스노우맨이 수선을 떠는 바람에 기한과 깡통도 시선을 돌렸다. 마치 사람을 위아래로 쭉 늘려 놓은 것처럼 멀대같이 큰 키에 비쩍 마른 남자애가 구부정한 어깨로 걸어오고 있었다. 핑크색 스키니진을 입은 길고 가느다란 다리는 마치 홍학의 다리를 연상시켰다.

"늦었군. 미안."

표정 없는 얼굴과 억양 없는 말투의 샤인은 그로테스크한 일본 만화에서 튀어나온 인물 같은 인상을 풍겼다. 기한은 이건 또 뭔가 싶어 말문이 막혔다.

"그… 뭐였더라? 너는 말투가 왜 그 지경이냐?"

깡통이 호기심을 감추지 않았다.

"내 말투는 내 맘이고. 신경 꺼."

샤인이 표정 하나 변하지 않고 책을 읽듯이 말했다.

"그… 뭐였더라? 사이보그 성대모사하는 거 같은데 어설퍼."

깡통이 꺽꺽 숨넘어가는 소리로 웃었다.

"웃지 말지. 기분 나쁘니까."

기분이 나쁘다고 말할 때도 샤인의 표정은 똑같았다.

“그, 뭐였더라? 웃긴 걸 어떻게 참어?”

깡통은 웃음을 그치지 않았다.

“네 헬멧이 더 웃겨. 그만해라.”

샤인의 말에 깡통이 겨우 웃음을 그쳤다. 기한은 이 말도 안 되는 애들하고 오늘 밤 운명을 같이해야 한다니, 기가 찰 노릇이었다. 스노우맨은 도대체 무슨 생각을 하고 있는 것인지 알 수가 없었다.

스노우맨이 들뜬 얼굴로 일행을 둘러보았다.

“다 모였는데, 우리 뭐부터 할까?”

마치 함께 소풍 나온 친구들에게 뭐 하고 놀지 물어보는 태도였다.

“그, 뭐였더라? 배고픈데… 어디 가서 뭘 좀 먹자.”

깡통다운 제안이었다.

“배 채우기, 나도 한 표.”

샤인이 기다렸다는 듯이 동의했다. 기한은 만나자마자 먹을 것부터 찾은 이 아이들이 죽음을 함께하려고 모인 게 맞는지 의문이 들었다.

“좋아. 땅끝까지 가려면 그 정도는 장전해야지.”

스노우맨이 맞장구를 쳤다. 땅끝? 기한은 어리둥절했다.

“땅끝이라니?”

“참, 빈센트한테는 얘기 안 했나? 우리 마지막 장소를 해남에 있는 땅끝으로 하기로 했어.”

스노우맨은 아무렇지 않은 듯 말했다. 기한은 생각지도 못한 이 상황들을 더는 참을 수가 없었다.

"야, 스노우맨! 떼거지로 아이들 모아 놓은 것도 모자라, 이 떼거지를 몰고 땅끝까지 가겠다는 거야?"

"누구보고 떼거지라는 거지. 기분 거지 같아."

샤인이 새침하게 끼어들었다.

"그, 뭐였더라. 떼거지? 그거 거지새끼들이란 말인가?"

깡통은 정말 궁금하기라도 한 것처럼 물었다. 기한이 샤인과 깡통을 한심하게 쏘아보자, 스노우맨이 그를 돌려 세웠다.

"미리 얘기하지 않은 건 내 잘못이야. 미안해. 어쩌다 보니 그렇게 됐어."

"이런 중요한 결정을 어쩌다 그렇게 됐다는 게 말이 돼?"

"좋잖아? 너도 나랑 둘이만 가는 거 부담스럽다며? 둘보단 넷이 나은 거 아냐?"

스노우맨의 천연덕스러운 태도에 기한은 기가 찼다.

"됐어. 난 빠질 거야. 땅끝에 가든 지구 끝까지 가든 너희 갈 길 가. 난 내 갈 길 갈 테니까."

기한은 누군가와 무엇을 도모하는 일에 익숙하지 않은 자신이 왜 이런 일에 휘말리게 됐는지 스스로도 한심했다. 돌아서 걸어가며 기한은 마음이 차라리 홀가분했다.

"잠깐, 얘기 좀 해."

어느새 달려온 스노우맨이 양팔을 벌려 기한의 앞을 막아섰다.

"난 땅끝에 갈 맘 없어."

기한은 못을 박듯 말했다.

"넌 뭐가 그렇게 급하니?"

"뭐?"

"급할 거 없잖아? 어차피 죽을 건데. 죽기 전에 마지막 여행한다고 생각하면 되잖아. 땅끝까지 가는 데 오래 걸리지 않아."

"난 귀찮고 번잡스러운 거 딱 질색이야."

기한은 스노우맨을 밀치고 다시 걷기 시작했다. 스노우맨이 뒤에서 소리쳤다.

"억울하지 않아? 이렇게 죽는 거."

기한은 문득 멈추어 섰다.

"며칠, 아니 하루라도 살아 있는 걸 느끼는 게 뭐가 나빠? 깡통, 샤인, 나, 너…… 우린 아직 시작도 안 해 봤잖아!"

기한은 돌아서서 스노우맨에게 따지듯 물었다.

"그래서? 시작도 안 해 본 우리가 땅끝에 가면 뭐가 달라지는데?"

지금까지의 기세와는 달리 스노우맨의 어깨가 축 처졌다.

"달라질 건 없어."

잠시 입을 다물고 있던 스노우맨이 말을 이었다.

"지금 당장 외진 곳을 찾아가 모든 걸 끝낼 수도 있어. 우린 그러기 위해 모인 거니까. 하지만…… 우리 여기까지 오는 데 힘들었잖아?"

스노우맨의 목소리가 가늘게 떨렸다. 기한은 그 말이 무엇을 의미

하는지 알 수 있었다. 죽음을 선택할 수밖에 없는 사람들의 막막한 절망감. 그 고통스런 어둠 속에서 자신을 흔들어 놓았던 외로움, 불면, 무기력. 그리고 그 끝자락에서 삶 대신 자신을 버리기로 한 선택.

"우리 이렇게 죽기엔 가엾잖아."

스노우맨이 기한을 바라보았다.

"그래서 어쩌자는 건데?"

기한의 말투엔 여전히 날이 서 있었지만 한풀 꺾여 무뎌진 날이었다.

"태어나 처음으로 다 던지고 나왔어. 다시 돌아가지 않겠다고 마음먹은 길이라 무섭기도 하고 홀가분하기도 해. 무서운 게 먼저인지, 홀가분한 게 먼저인지 모르겠어. 선택을 하고도 뒤죽박죽인 건 마찬가진데……."

그런 기분은 기한도 마찬가지였다. 스노우맨의 눈빛이 순간 물기로 흐려졌다.

"숨이 끊어지기 전까지 우리가 살아 있다는 걸 느끼고 싶어. 우리의 마지막 자리를 찾아가는 동안 만이라도……. 그리고 우리가 원하는 자리에 가서 죽는 거야. 더 바라는 거 없이."

스노우맨이 젖은 눈으로 기한을 바라보았다. 참 묘한 아이다. 기한 스스로도 어쩔 수 없이 끌리게 하는 힘이 스노우맨에게 있었다. 기한은 그 간절한 눈빛을 피할 수 없었다.

어차피 혼자 죽는 게 두려워 스노우맨과 함께하기로 한 길이었다.

땅끝, 생의 마지막 장소로 꽤 매혹적으로 들리긴 했다. 깡통과 샤인, 예상치 못한 아이들이지만 잠깐 참아 내면 그만이다. 꼼쥐도 견뎌 낸 기한이었다. 그래, 한번 갈 데까지 가 보자. 결국 그 끝은 우리의 마지막 자리가 될 테니까.

먹먹한 기분으로 올려다본 하늘은 도시의 불빛에 떠밀리고 고층 빌딩에 조각나 볼품없었다.

5

떡볶이, 순대, 튀김 등을 잔뜩 시켜 놓은 아이들은 먹는 데 열중하고 있다.

"정말 그리웠던 맛이야."

스노우맨이 떡볶이를 입안 가득 오물거리며 감격에 겨워했다.

"떡볶이 흔한 건데. 니가 탈출한 성은 출입 금지 구역?"

샤인의 말에 스노우맨이 어깨를 으쓱하며 웃는다. 깡통은 고개도 들지 않고 먹는 일에 열중하고 있다.

깡통이 접시 속으로 빠져들수록 헬멧의 안테나가 마주 앉은 기한을 위협했다. 기한은 몸을 뒤로 빼고 도저히 적응이 안 될 것 같은 깡통의 헬멧을 노려보았다.

"그 헬멧 좀 벗을 수 없냐?"

참다못한 기한이 깡통에게 통박을 주었다. 깡통은 헬멧을 부여잡고 뛸 듯이 뒤로 물러앉았다.

"그, 뭐였더라. 잠잘 때 말곤 안 벗어."

"설마 그 꼴을 하고 학교도 가냐?"

기한의 말투 속엔 비아냥거림이 섞여 있었다.

"……그만뒀어. 학교."

풀이 죽은 깡통의 모습에 기한은 전의를 상실하고 말았다. 어쩌다 학교를 그만두었는지 알 수 없지만 깡통의 학교생활이 어땠을지 짐작이 갔다. 느리고 어눌한 태도와 엽기에 가까운 UFO에 대한 집착. 그 정도면 잘 봐줘야 웃긴 놈이고, 정상적인 관점에서도 미친놈이다. 그런 녀석의 학교생활이라는 게 조용하고 편안했을 리 없다. 기한은 깡통 같은 애랑 인생의 마지막 시간을 함께하게 된 자신의 운명에 일말의 동정심이 일었다.

"내 이름은 마리야. 유마리."

스노우맨이 뜬금없이 통성명을 하고 나서자 깡통이 뭐가 웃긴지 키득거렸다.

"그, 뭐였더라. 외계인이 널 보고 마리가 한 마리 있네 그러겠다."

깡통은 자신이 한 말이 얼마나 썰렁한지도 모르고 껄껄거리며 웃어 댔다.

"깡통, 넌 이름이 뭐야?"

스노우맨의 물음에 웃음을 뚝 그친 깡통이 이번엔 딸꾹질을 시작했다.

"그, 뭐였더라? 이름을… 꼭 말해야 돼?"

"내키지 않으면 말 안 해도 돼."

스노우맨이 말했다.

"난 그대로 샤인."

샤인도 딱 잘라 말했다. 스노우맨이 이번엔 기한에게 시선을 던졌다. 기한은 기습을 받은 것처럼 멀뚱한 기분이었다. 차라리 지나가다 우연히 만난 사이라면 통성명 정도는 어렵지 않을 것 같았다. 하지만 죽음을 함께하기 위해 모인 관계라는 게 묘한 느낌을 자아냈다. 서로 말하지 않아도 그 밑바닥까지 알 것 같은 동질감을 느끼면서도, 그런 그들에게 익명성을 유지하고 싶은 생각이 들었다.

"나도 이름 밝히기 싫어."

기한의 대답에 스노우맨은 어깨를 한번 으쓱하더니 포크로 떡볶이를 찍어 들었다.

"다들 그렇다면 좋아. 난 마리라고 불러 줘. 내 생의 마지막 순간을 스노우맨으로 불리기 싫거든."

마리는 씩 웃으며 떡볶이를 한입 가득 넣고 우물거렸다. 참 종잡을 수 없는 아이다. 기한은 무방비 상태의 자신을 쿡쿡 찔러 대곤 아무 일 없었다는 듯 해맑게 웃어 버리는 마리를 보고 고개를 흔들었다.

순간 마리 얼굴이 일그러지더니 벌떡 일어나 분식점을 뛰쳐나갔다. 갑작스레 벌어진 일이라 모두가 어리둥절했다.

"그, 뭐였더라? 우리한테 화난 건가?"

깡통이 걱정스레 말했다.

"여자를 모르는군. 화난 건 아니야."

샤인이 장담하듯 말했다.

모두가 거리로 나와 둘러보았지만 마리 모습은 보이지 않았다.

"도대체 얜 어디로 사라진 거야?"

기한은 뭔가에 홀린 기분으로 투덜거렸다.

"흩어져 찾아보는 게 어때?"

샤인이 제안을 했다.

"그, 뭐였더라? 찾으면 어떡해?"

깡통이 허둥거리며 물었다. 그 질문이 한심했는지 샤인의 눈가에 살짝 주름이 잡혔다.

"어떡하긴. 데리고 오는 거지."

각자 방향을 잡아 흩어졌다.

기한은 난감한 기분으로 주위를 두리번거렸다. 지금까지의 마리로 봐서는 이렇게 도망치듯 가 버릴 아이는 아니었다. 기한은 이 예기치 못한 일들이 결코 좋은 징조로 느껴지지 않았다.

길을 한참 뒤진 뒤에야 기한은 골목 어두운 구석에 쭈그리고 앉아 있는 마리를 발견했다. 마리의 작고 야윈 등을 기한은 지나칠 뻔했다. 기한이 마리 곁으로 다가갔다. 마리는 토하고 있었다. 그 모습이 무척이나 괴로워 보였다. 인기척에 돌아보는 마리의 눈에 눈물이 고여 있었다.

또다시 구역질을 하는 마리를 기한은 엉거주춤한 자세로 토닥여 주었다. 더 이상 토할 게 없어 보이는데 구역질이 계속되는 모양이었다.

기한이 편의점에서 사 온 생수를 마리에게 건넸다. 물을 마신 마리가 입맛을 쩝 다시며 생기를 찾았다.

"아~ 아깝다. 떡볶이 맛있었는데."

기한은 어이가 없어 피식 웃음이 새어 나왔다.

"괜찮냐?"

"응. 괜찮아."

웃음 짓는 마리의 하얀 얼굴이 백지장처럼 파리해 보였다. 멀리서 마리를 발견한 깡통과 샤인이 달려오고 있었다.

"기차가 끊겼어. 내일 첫 기차가 일곱 시 십 분이야."

열차 시각표를 보던 마리가 실망한 목소리로 말했다. 시계를 보니 열 시가 넘어 있었다.

"대략 난감이군."

샤인이 한숨을 내쉬었다.

"일단 표를 끊고 오늘은 가까운 찜질방에서 자자."

마리의 말에 모두가 동의했다. 모두 주섬주섬 주머니에서 돈을 꺼내는데 마리가 한 가지 더 제안을 했다.

“우리 뭐 할 때마다 돈 걷지 말고 다 모아서 함께 쓰는 건 어때?”

“좋은 생각. 모자라도 곤란하고 남아도 아깝지.”

샤인이 호응했다.

“그, 뭐였더라? 있는 돈 다 내놔야 하는 거지?”

깡통이 쭈뼛거리며 물었다.

“당연하잖아. 어차피 우린 한 배를 탔으니까.”

마리가 주머니에서 돈을 꺼내 들며 말했다. 기한에겐 다행한 일이었다. 이렇게 긴 여행이 될 거라 예상하지 못한 터라 가진 돈이 별로 없었다. 땅끝이 있는 해남에 가기 위해서는 목포까지 가야 하는데 차비만 해도 2만 원이 넘었다. 기한이 주머니를 털어 모은 돈은 만 6천5백 원이 전부였다.

“계산 빠르고 정확한 내가 돈 관리하지.”

샤인이 총무를 자청하고 나섰다.

“동전은 됐고. 지폐만 부탁해.”

마리와 샤인, 기한이 내놓은 돈을 합해 보니 8만 원이 조금 넘었다.

“이건 좀 곤란한데. 차비, 찜질방비, 밥값. 기본 예산만 이십만 원이 넘어.”

난감해하는 샤인에게 깡통이 5만 원권 다섯 장을 내밀었다.

“그, 뭐였더라? 밥값은 모자라지 않게 해 줘.”

“부자네. 걱정 마. 넌 곱빼기로 먹여 주지.”

말이 길어져도 샤인의 무표정과 억양 없는 말투는 여전했다. 샤인과 마리가 열차표를 예매하는 동안 깡통은 배낭에서 네모나고 묵직해 보이는 전파 장치를 꺼내 주파수를 이리저리 맞추느라 여념이 없었다. 기한은 기가 막힌 듯 깡통을 바라보았다. 녀석은 정말 저런 장치로 UFO와 접선을 할 수 있다고 믿는 건가? 기한에게 이 여행길이 무거운 불안감으로 밀려왔다.

밤이 깊어 가자 바람이 더욱 거세졌다. 추위 때문인지 늦은 시각도 아닌데 거리는 한산했다. 다행히 길 건너 뒷길에 찜질방 간판이 눈에 띄었다. 추위 때문인지 모두가 입을 다문 채 종종걸음 쳐 찜질방으로 향했다.

일행이 골목으로 접어들고 있을 때였다.

"어이! 잠깐 보자."

뒤를 돌아보니 험상궂게 생긴 남자 둘이 다가와 있었다. 기한은 결코 좋은 일은 아니라는 직감이 들었다. 줄행랑을 치기에도 이미 늦은 상태였다. 덩치가 큰 남자가 다짜고짜 샤인을 붙잡고 거칠게 밀어붙였다.

"너 돈 많더라."

남자가 음흉한 미소를 떠올렸다. 기차역 대합실에서 돈을 모으던 일행을 본 모양이었다. 그곳에서부터 작정하고 따라온 게 분명했다.

"어린애들이 큰돈 가지고 다니면 못 써."

"왜 이럽니까?"

무표정했던 샤인 얼굴이 겁에 질려 일그러졌다. 깡통은 벌써 슬금

슬금 뒷걸음질 치는 중이었다. 기한은 혼자 도망칠 만큼 뻔뻔하지도, 그렇다고 그들과 맞설 만큼 배짱이 있지도 않았다.

"겁나냐? 돈만 내놔. 털끝 하나 안 건드릴 테니까. 우리도 쓸데없이 피 보는 거 싫거든."

샤인이 순순히 돈을 건네는 수밖에 없어 보였다. 수적으로 우세하다 해도 주먹깨나 쓸 것 같은 남자 둘을 상대하기엔 오합지졸에 불과했다. 샤인도 어쩔 수 없다고 생각했는지 돈이 든 주머니에 손을 넣었다. 선뜻 손이 나오지 않는 걸 보면 녀석도 이대로 돈을 뺏기는 게 퍽이나 억울한 모양이다.

"지금 뭐 하는 거예요?"

정적을 깨고 나선 건 마리였다. 마리가 나설 자리가 아니다. 기한은 마리의 소매 끝을 잡아끌었다. 남자들이 어이없는 표정으로 마리를 보았다.

"넌 빠져라 아가야. 우린 이 새끼 돈에 볼일이 있으니까."

마리는 지지 않고 대들었다.

"우린 댁들한테 줄 돈 없거든요. 이런 짓 하지 말고 조용히 돌아가세요."

샤인을 잡고 있던 남자가 일행에게 샤인을 넘기고 마리 앞으로 다가섰다. 꽤나 위협적인 태도였다.

"이것들이, 죽을라고 환장했나?"

남자가 마리를 때릴 듯이 팔을 치켜들었다.

“어떻게 알았어요? 우리 죽고 싶어 환장한 거. 쳐 봐요. 나 죽이기 쉬워요. 살짝만 쳐도 죽을걸?”

“비켜라, 아가야.”

남자는 차마 손찌검을 할 수 없었는지 마리의 머리를 슬쩍 밀쳤다. 근데 거짓말처럼 마리 코에서 코피가 주르르 흘러내렸다. 남자는 어안이 벙벙한 얼굴로 마리를 보았다.

“거봐, 나 살짝만 쳐도 죽는다니까. 제대로 쳐 봐요, 어디. 어차피 죽으러 가는 길이었는데 잘됐네. 나도 수고 더는 거니까. 근데 어쩌죠? 아저씨들 살인자 되는데.”

“뭐, 이딴 게 다 있어!”

남자가 칠 기세로 손을 들어 올렸다.

“쳐! 여기 제대로 한 대만 치면 죽는다니까. 죽어 줄 테니 치라고!”

마리는 막무가내로 남자에게 머리를 들이밀었다.

“이게 미쳤나?”

그 기세에 주춤하던 남자가 마리의 따귀를 올려붙였다. 마리는 마치 가벼운 나무토막처럼 풀썩 나가떨어졌다. 바닥에 쓰러진 마리가 꿈쩍도 하지 않았다.

“어떡해!”

샤인이 소리치며 울음을 터뜨렸다. 기한은 코피를 흘리며 죽은 듯 쓰러져 있는 마리에게 한 발짝도 다가설 수가 없었다. 뒷덜미가 서늘해지는 공포가 또다시 기한을 사로잡았다. 머리에 피를 흘리고 쓰러진 아이와 붉은 피로 물든 시트 위의 손가락 환영이 기한의 숨통을 틀어막았다.

샤인을 잡고 있던 남자가 겁이 났는지 마리를 때린 남자에게 다가왔다.

"진짜 죽은 거 아냐? 야, 재수 없다. 가자."

때마침 골목으로 들어오고 있는 사람들을 보고 남자는 침을 퉤 뱉더니 못 이기는 척 돌아서 갔다.

"어떡해? 정말 죽은 거니?"

갑자기 목소리가 하이톤으로 돌변한 샤인이 마리의 머리를 끌어안고 울먹거렸다.

"그, 뭐였더라? 병원에 데려가야 되지 않나?"

깡통은 어느새 기한의 곁에 다가와 있었다. 순간 기한은 자신을 휘감았던 공포에서 깨어난 듯 마리에게로 다가갔다. 기한이 서둘러 마리를 들쳐 업었다.

"일단 택시를 잡고 가까운 병원으로 가자."

기한이 몇 걸음 떼었을 때 등 뒤에서 마리의 목소리가 들려왔다.

"나, 병원 안 가."

기한이 멈춰 섰다.

"깨어났어."

샤인이 마리를 들여다보며 말했다.

"그, 뭐였더라? 죽지 않아 다행이야."

“죽긴. 뺨 한 대 맞고 죽는 사람이 어디 있어?”

마리가 기한의 등에서 폴짝 내려서며 말했다.

“뭐야, 너? 연기한 거야?”

기한이 기가 막혀 물었다.

“나 연기 잘했지?”

마리가 배시시 웃었다.

“연기 최고. 돈도 지켰다.”

샤인이 돈이 든 주머니를 툭툭 치며 말했다.

“그, 뭐였더라? 위험했잖아. 무서워 죽는 줄 알았네.”

깡통은 식겁했는지 이마에 식은땀까지 흘리고 있었다.

“근데 그 코피는 뭐야? 그것도 연기냐?”

기한이 마리에게 쏘아붙였다.

“내가 코피가 잘 나는 체질이거든.”

마리가 씩 웃으며 말했다. 또 아무 일 아니라는 듯 웃어 버리는 마리를 보자 기한은 치밀어 오르는 화를 견딜 수 없었다.

“넌 사람 놀래 놓고 웃음이 나오냐? 앞뒤 생각 없이 덤벼드는 게 네 특기인가 본데, 그거 옆에 있는 사람한테 얼마나 피해를 주는 줄 알아? 조그만 게 나설 자리 안 나설 자리 구분을 못하냐?”

기한이 퍼부어 대자 마리는 금방 풀이 죽은 모습이다. 기한은 그 모습도 보기 싫어 돌아서 찜질방으로 향했다. 자존심 때문인지도 몰랐다. 작고 약한 계집애가 커다란 머슴애 셋을 제치고 몸을 던졌다는 게 창피하고, 그런 상황에서 무기력하기만 했던 자신이 한심했다. 마리는 그 순간 죽을 각오로 남자들에게 덤벼든 것 같았다. 죽자고 덤벼드는 사람에게서 느껴지는 살기가 마리에게서 느껴졌으니까. 기한은 죽음을 결심하고도 비겁한 자신에게 화가 났다.

다행스럽게도 깡통은 목욕탕에 헬멧을 벗고 들어왔다. 이마에 몽실몽실 땀이 차오른 깡통이 탕 속으로 들어왔다. 지금껏 깡통은 기한에게 말 한마디 붙이지 않았다. 그건 기한도 마찬가지였다. 기한은 아직도 이 아이들을 죽음의 동행인으로 받아들이기에 미덥지 않았다. 문득 탕 가장자리에 걸친 깡통의 손목이 눈에 들어왔다. 깡통의 손목에 칼로 그었던 듯 선명한 흉터 자국이 있었다. 기한은 눈을 감고 있는 깡통의 얼굴을 바라보았다. 순둥이처럼 생긴 녀석에게도 아픈 사연이 있겠구나 하는 생각이 들었다. 가슴이 먹먹하고 답답해 왔다. 기한은 잠수하듯 탕 속으로 머리를 담갔다. 제기랄, 보지 말아야 할 걸 본 것처럼 기분이 언짢았다.

깡통은 자는 순간만큼은 헬멧에서 해방된 것처럼 보였다. 헬멧은 탈의실 사물함에 잘 모셔 둔 터였다. 깡통은 코까지 골며 잠에 빠져들었다. 그러고 보니 샤인이 보이지 않았다. 탈의실에 함께 들어온 것까지는 기억이 나는데 목욕하는 게 질색이라며 쭈뼛거리던 녀석은 바로 찜질방으로 가겠다고 했다. 어느 구석에서 자고 있거나 피시방에 파묻혀 있을 것이다.

뒤늦게 마리가 목욕탕에서 나왔다. 얼굴이 발그스름한 게 한결 생기 있어 보인다.

"찜질방에서 한번 자고 싶었는데 소원 하나 이뤘다."

생글거리며 마리가 옆에 와 앉았다. 찜질방에 들어와서도 마리는 비니 모자를 벗지 않았다.

"찐 계란도 먹어야 하는데. 시원한 식혜랑."

좀 전의 소란을 벌써 잊었는지 마리는 신이 나서 떠들어 댄다. 기한은 짐짓 모른 체하며 자리에 누웠다. 기한의 등 뒤에서 마리가 자리를 펴고 눕는 게 느껴졌다. 등 뒤에서 마리의 목소리가 들려왔다.

"화났니?"

기한은 마리가 이렇게 물어 오는 게 곤혹스러웠다.

"그 얘기라면 됐어. 쪽팔리니까."

마리한테 화가 난 게 아니라 자신에게 화가 났다는 말은 차마 하지 못했다.

"부탁이 있어."

나지막한 마리의 목소리에 거역할 수 없는 단호함이 묻어 있었다.

"뭔데?"

기한이 무뚝뚝하게 물었다.

"혹시 내가 아프거나 쓰러져도 절대 병원엔 데리고 가지 마. 부탁이야."

기한은 마리가 왜 이런 부탁을 하는 것인지 의아했다. 아까 남자들 앞에서 연기를 했다는 마리의 태도도 의심쩍은 부분이 있었다. 하지

만 기한은 아무것도 묻지 않았다. 오늘 만나 내일이면 끝인 관계였
다. 서로에 대해 안다는 게 오히려 마음의 짐이 될 거란 생각이 들었
다. 마리의 고른 숨소리가 등 뒤에서 들려왔다. 오늘도 불면의 밤이
되려나. 기한은 잠이 오지 않아 한참을 뒤척였다.

6

"일어나."

깡통이 깨우는 소리에 기한은 부스스 일어났다.

"몇 시야?"

마리가 잠이 덜 깬 목소리로 물었다.

"그, 뭐였더라? 샤인이 사라졌어."

어느새 헬멧까지 챙겨 쓴 깡통이 울상을 지었다.

"사라지다니?"

기한이 다그쳐 물었다.

"그, 뭐였더라? 샤인 사물함도 비어 있어. 도망갔나 봐."

어제 목욕탕 안에서도 찜질방에서도 기한은 녀석의 모습을 보지

못했다. 너무 피곤한 탓에 찾아볼 생각도 하지 않았다. 샤인이 돈 관

리를 자청할 때부터 계획된 일이 아니었을까 하는 생각까지 들었다. 일이 참 여러 가지로 꼬이고 있었다.

사태 파악을 못하는 마리가 태평스레 끼어들었다.

"깡통, 그건 도망간 게 아니야. 누구든 마음이 바뀌면 우리 일행에서 빠질 수 있어."

"녀석이 우리 차표랑 돈을 가지고 날랐으니 도망간 거지?"

기한이 답답해 한마디 했다. 마리는 그제야 벌떡 일어났다.

"아! 그렇구나……. 지금 몇 시야?"

"그, 뭐였더라? 여섯 시 오 분."

"일곱 시 십오 분 열차니까, 일단 짐 챙기고 역에 가서 기다려 보자."

마리는 덥고 있던 담요를 둘둘 말아 안으며 말했다. 기한은 터무니없이 낙천적인 마리의 태도가 거슬렸다.

"녀석이 나타나지 않으면 어쩔 건데?"

"아직 모르잖아. 일어나지도 않은 일까지 걱정할 필요 뭐 있어?"

마리는 또 아무 일 아닌 듯 넘겨 버릴 태도다.

"넌, 그 녀석이 올 거라고 믿냐?"

"지금은 샤인을 믿는 게 우리한테 가장 유리하니까. 난 샤인을 믿을 거야."

기한은 입을 다물고 말았다. 마리의 말에 감정적으로 동의할 수 없었지만 틀린 말은 아니었다. 마리는 부리나케 어자 탈의실 쪽으로 내

달리며 소리쳤다.

"서둘러. 역으로 가자."

슬쩍 기한의 눈치를 보던 깡통도 쫄레쫄레 남자 탈의실로 가 버렸다.

기한은 마리 일행을 만나기 전까지만 해도 자기 생에 마지막 하루가 이렇게 어수선하게 시작되리라고는 상상조차 하지 못했다. 마치 궤도를 벗어난 열차처럼 자신이 지금 어디로 가고 있는 것인지 혼란스러웠다. 하지만 자신이 떠밀려 왔던 시간들로부터 벗어나고 싶은 열망이 자신을 지금 이곳으로 이끌었다는 건 부정할 수 없었다.

밖은 아직도 어둠에 잠겨 있었다. 새벽바람이 기한의 코끝을 맵싸하게 훑고 지나갔다. 어둠 속을 걷고 있는 마리와 깡통의 뒷모습이 꽤나 희극적이다. 머리에 안테나를 단 뚱뚱한 외계인과 작은 꼬마가 함께 걸어가고 있는 것처럼 보였다. 공통점이라곤 하나도 없는 꼬마와 외계인은 목적지가 같다. 그것만으로 둘은 꽤 잘 어울렸다. 기한은 한 발 한 발 외계인과 꼬마를 따라갔다.

이른 시각이었지만 분주하게 대합실을 오가는 사람들이 적지 않았다. 기한과 마리, 깡통은 말없이 대합실 입구를 뚫어지게 바라보았다. 시각은 일곱 시가 넘어가고 있었다. 곧 있으면 열차가 출발할 것이다. 기한은 도망간 샤인을 기다리는 이 미련한 짓이 한심스러웠다. 이젠 어쩔 거냐고 마리를 추궁하고 싶었지만 참기로 했다. 차라리 잘

된 일인지 모른다. 열차가 떠나면 미련 없이 이들과 헤어지리라 마음 먹었다.

"그, 뭐였더라? 샤인이 안 와도 어디든 같이 갈 거지?"

깡통이 걱정스런 얼굴로 마리에게 물었다. 녀석이 두려운 건 땅끝을 못 가게 되는 것이 아니라, 혼자 남는 일인 듯했다.

"당연하지. 우리 끝까지 같이하기로 했잖아."

마리의 대답에 깡통의 얼굴이 발그레 되살아났다.

'뭐야? 저 녀석의 표정은?' 기한은 마리에 대한 일말의 책임감을 느끼는 자신이 의아했지만, 두 녀석만 보내는 건 내키지 않을 것 같았다.

"열차 시각이야. 더 기다릴 거야?"

기한이 자리에서 일어나며 말했다. 힘 빠진 모습으로 따라 일어나던 마리 얼굴이 순간 환하게 밝아졌다.

"샤인이다!"

거짓말처럼 샤인이 숨을 헐떡거리며 대합실을 가로질러 오고 있었다. 샤인이 숨을 고를 틈두 없이 일행은 플랫폼으로 내달렸다. 가까스로 열차에 올라 자리를 잡은 뒤에야 모두의 시선이 샤인에게 향했다.

"잡아먹을 거 아님, 그런 눈으로 보지 마."

잠을 못 잤는지 눈이 벌겋게 충혈된 샤인이 손사래를 쳤다.

"너 때문에 우리가 얼마나 마음 졸였는지 알아?"

기한이 쏘아붙였다.

"미안. 시간 맞춰 왔으니 봐줘."

미안한 상황에서도 샤인의 말투는 여전히 뒷말이 짧고 무뚝뚝했다.

"그, 뭐였더라? 밤새 어딜 돌아다닌 거야?"

깡통이 부루퉁해 물었다.

"바람 쐬러. 피곤해. 좀 잘래."

하품까지 해 대는 샤인을 더는 추궁하지 못했다. 어쨌든 열차 시각
에 맞춰 와 주었으니 다행이었다.

창밖은 환하게 동이 트고 있다. 목포행 무궁화호 열차였다. 마리의
계획대로라면 목포에서 해남 가는 고속버스를 타고, 해남에서 또 버
스를 타면 오늘 안에 땅끝에 도착할 수 있단다. 열차가 각진 아파트
사이를 지나 한강을 건너고 있었다. 기한은 마지막이 될 도시의 새벽
을 덤덤한 기분으로 바라보았다.

설핏 잠이 들었던 모양이다. 샤인은 곯아떨어졌고 깡통은 전파 장
치의 주파수를 맞추며 대답 없는 UFO에 전파를 보내고 있었다. 마리
의 모습은 보이지 않았다.

슬슬 배가 고파 왔다. 목포엔 점심때가 되어야 도착할 텐데 먹거리
팔며 오가는 아저씨 모습도 보이지 않았다.

"그죠? 할머니."

익숙한 목소리에 고개를 돌려 보니 건너편 자리에서 마리가 한 할
머니와 수다를 떨고 있었다.

"히딱 토말(땅끝)만 가뿔면 쓰겄냐? 기왕지사 댕겨갈 것인디, 목포

귀경은 지대로 혀야제."

"맞아요, 할머니."

마리는 할머니가 준 고구마를 맛나게 먹으며 맞장구를 쳤다.

"목포 허면 유달산허고 갓바위만 아는디, 고것은 봉사 코끼리 맨지는 격이랑께."

"뭐가 또 있는데요?"

흥미진진한 이야기에 빠진 듯 마리 눈이 반짝였다.

"뭐니 뭐니 혀도 목포선 갈치 잽이럴 혀 봐야 써."

"갈치 잡이요?"

"가을 지철이는 갈치 낚시헐라고 목포로 몰려드는 사람덜이 허벌나당께. 그라도, 가을보다야 춥긴 혀도 시방이 갈치 낚시허긴 한가치고 질이여."

"우와! 우리도 할 수 있어요?"

마리는 흥분해 목소리를 높였다. 마리의 모습은 영락없이 여행에 들뜬 아이의 모습이었다.

"괴기 잡는디 평양감사가 따로 있간디. 허것으면 허는 것이제잉. 말리는 사람 하나 읎응께 걱정 붙들어 매랑께로. 뚝방서 낚시대만 빌려 갖고 헐 수도 있는디, 거시기 낚싯배럴 빌려 타는 것이 진짜배기여."

그때 할머니 옆에서 잠을 자고 있던 할아버지가 벌떡 일어났다.

"아따, 그 할망구 오사게 씨부려쌌네. 시끄라서 당췌 잠을 잘 수가 읎구마잉.”

할아버지는 멀찌감치 떨어진 곳으로 자리를 옮겼다.

“영감탱이, 벼락겉이 코 골고 잘만 자등마. 뭐시 꼬여 저러코롬 심통을 부린다냐.”

할머니는 구시렁거리다 자리에서 일어났다.

“저 심통 석 달 열흘 가뿐지기 전에 나가 가 봐야 쓰것다잉. 잘들 가야.”

할머니가 할아버지가 앉아 계신 곳으로 가 버리자 두 손 가득 고구마를 든 마리가 쪼르르 자리로 돌아왔다.

“깼어? 자, 이거 먹어.”

마리가 기한에게 고구마를 건넸다.

“저 할머니 할아버지 보기 좋지?”

마리가 히죽히죽 웃으며 물었다.

“뭐가?”

기한은 무슨 뜬금없는 소린가 싶었다.

“저렇게 나이 들어 서로 의지하는 모습이 좋잖아.”

마리는 정말 부럽기라도 한 것처럼 자리를 옮겨 앉은 할머니 쪽을 바라보았다.

“그렇게 부러우면 할머니 될 때까지 살지 그래?”

기한의 말이 꼬여 나왔다. 마리의 얼굴이 순간 침울하게 굳어지는 걸 보고, 기한은 괜한 소리를 했나 싶었다. 마리의 말에 특별히 반감을 느낀 건 아니었다. 그저 이런 화제가 귀찮았을 뿐이다. 기한은 멋쩍은 마음에 화제를 돌렸다.

"너 목포에 가 본 적 있어?"

"아니. 넌?"

"나도 처음이야."

"아! 우리 목포 유달산에서 비행기 접어 날리는 건 어때?"

마리 얼굴이 금방 생기로 들떴다.

"비행기?"

기한은 그제야 마리가 F-22 랩터를 멋지게 만들어 낸 서머 스노우맨이란 걸 떠올렸다.

"산에 올라가서 내가 접은 비행기를 꼭 날려 보고 싶었거든."

마리의 F-22 랩터가 산 위를 날아가는 모습은 정말 멋질 것 같긴 했다. 하지만 기한은 뜻하지 않은 상황 때문에 갈 길이 자꾸 지체되는 것이 불편했다. 대답 대신 한입 가득 문 고구마가 목에 걸려 갑갑했다.

그때 열차 4번 칸에 카페가 있으니 많은 이용 바란다는 안내 방송이 나왔다.

"어머, 기차에 카페가 있대? 무궁화호 치곤 제법인데. 우리 가 보자."

마리는 재미난 일을 만난 듯 신이 나 있다. 그런 일이라면 샤인이나 깡통에게 떠넘기고 싶었지만 한 녀석은 잠에, 나머지 한 녀석은

UFO와의 접촉에 빠져 있었다. 기한은 그마저 거절할 수 없어 순순히 마리를 따라나섰다.

"우와! 기차 안에 이런 곳이 있었네! 굉장하다!"

마리는 감탄사를 연발했다. 타고난 건지 과장인지, 마리는 별것 아닌 것에 유난을 떤다. 만사 시큰둥한 기한에게는 마리의 그런 태도가 어색하면서도 신선한 느낌이 들었다.

열차 한 칸에 있을 만한 건 다 있었다. 인터넷 연결이 되는 컴퓨터, 게임기, 노래방, 안마기까지 갖추고 있었다. 나머지 절반은 매점이 딸린 카페였다. 먹거리를 끌고 다니는 아저씨가 보이지 않았던 건 이 매점 때문인 모양이다.

"달리는 기차에서 노래 부르면 신 나겠지?"

마리가 노래방 앞을 기웃거리며 물었다.

"아니."

내키지 않아 하는 기한을 마리는 기어코 노래방으로 끌고 들어갔다. 마리의 숨소리조차 느낄 만큼 비좁은 공간이었다.

"밖에서도 다 들릴 거야."

기한은 불편하고 어색한 기분이 들어 밖으로 나갈 핑계를 찾았다.

"뭐 어때? 동전 넣어 줘."

기한은 할 수 없이 노래방 기계에 동전을 넣었다. 원래 물러 터진 성격이 아닌데 이상하게 마리한테는 떠밀리는 느낌이 든다.

마이크를 잡은 마리가 일어섰다. 화면을 보니 체리필터의 '낭만 고양이’ 다. 곡으로 봐서 꽤나 시끄러울 거 같아 기한은 한숨부터 나왔다.

> sweet little kitty sweet little kitty
> 내 두 눈 밤이면 별이 되지—
> 나의 집은 뒷골목 달과 별이 뜨지요
> 두 번 다신 생선 가게 털지 않아
> 서럽게 울던 날들 나는 외톨이라네—
> 이젠 바다로 떠날 거예요
> 거미로 그물 쳐서 물고기 잡으러

마리의 노래 솜씨는 꽤 괜찮은 편이었다. 그 작은 몸에서 뿜어져 나오는 에너지에 기한은 놀랐다. 기한은 문득 저런 아이가 왜 죽기로 한 걸까 궁금해졌다.

> 나는 낭만 고양이
> 슬픈 도시를 비춰 춤추는 작은 별빛
> 나는 낭만 고양이
> 홀로 떠나가 버린 깊고 슬픈 나의 바다여

가슴속에 고여 있던 덩어리를 온몸으로 끌어올려 토해 내듯 마리는 열창했다. 기한은 그런 마리의 모습이 애잔하게 느껴졌다. 노랫말처럼 땅끝으로 향하는 자신들이 현실과 맞서지 못해 바다로 도망치는 나약한 고양이일지 모른다고 기한은 생각했다.

카페로 나왔다. 의자는 창을 등지고 길게 마주 놓여 있었다. 탁 트인 창으로 스쳐 지나가는 풍경이 드넓고 눈이 부셨다. 잠시 창밖 풍경에 빠져 있던 마리가 소리쳤다.

"저 나무 좀 봐!"

논으로 드넓게 펼쳐진 중간에, 이파리가 모두 떨어진 나무 두 그루가 나란히 서 있었다. 얼핏 봐서는 한 그루처럼 보였지만 약간의 사이를 두고 나무 기둥 두 개가 땅속에 뿌리를 박고 있었다. 희한한 건 두 나무가 서로의 영역을 전혀 침범하지 않고 가지를 양쪽으로만 뻗어 내고 있다는 점이었다. 그 모양은 마치 하트를 그리고 있는 것처럼 보였다.

"저 나무들 서로 사랑하는 것처럼 보이지 않니?"

다분히 소녀 취향적인 마리의 감상이었지만 나무의 모습이 묘한 감동을 주는 건 부인할 수 없었다.

"저 가지에 잎이 달리면 한 그루처럼 보일 거 같지 않아?"

기한은 고개를 끄덕였다.

"여름에 다시 보고 싶다."

마리가 혼잣말처럼 중얼거렸다. 그 쓸쓸한 여운 때문에 기한은 문득 마리에게 시선을 던졌다. 잎이 무성한 여름, 한 그루의 나무를 만들어 낼 저 나무들을 우린 결코 다시 볼 수 없을 것이다. 멀어져 가는 나무를 안타깝게 바라보는 마리도 그걸 모를 리 없었다.

기한은 스쳐 가는 논밭 풍경을 무심히 바라보았다. 잠깐 자리를 비운 마리가 종이와 볼펜을 들고 나타났다. 마리는 종이 한 장과 볼펜을 기한에게 내밀었다.

"뭐야?"

기한이 물었다.

"우리 버킷리스트 쓰자."

의자에 앉으며 마리가 말했다.

"버킷리스트?"

"전에 영화에서 본 건데, 죽기 전에 하고 싶은 일들을 목록으로 적어 보는 거야."

"그런 걸 왜 적어? 어차피 오늘 안에 땅끝에 도착할 텐데."

기한이 시큰둥하게 말했다.

"딱히 할 일도 없잖아."

"너나 해. 귀찮아."

기한은 종이와 볼펜을 마리에게 밀어냈다. 마리는 잠시도 가만히 있지 못하는 아이였다.

"한번 생각해 봐. 정말 하고 싶은 일이 있는데 못 하고 죽으면 억울하잖아."

"난 그런 거 없어."

마리를 남겨 두고 기한은 카페를 나와 버렸다.

화장실에 들렀다가 기차 끝 칸에 섰다. 기차 꽁무니로 길게 빠져나가는 레일을 기한은 한참 동안 바라보았다. 문득 마리가 쓰자고 했던 버킷리스트가 떠올랐다. 혹시 죽기 전에 꼭 하고 싶은 일이 나에게 있을까? 아무리 생각해도 없었다. 지금 기한이 실감하는 건 레일이 사라지는 속도만큼 자신이 죽음을 향해 가고 있다는 것뿐이었다. 지금 이 순간에 우리가 써야 하는 건 버킷리스트가 아니라 유서가 아닐까? 기한은 문득 마리가 정말 죽고 싶어 하는 아이인지 의문이 들었다.

7

"그, 뭐였더라? 밥집 먼저 가자. 배고픈데."

깡통은 목포역 대합실을 나오기가 무섭게 샤인에게 재촉했다. 아침을 할머니가 준 고구마로 때운 터라 그럴 만도 했다. 곧 생을 마감한다 해도 배가 고픈 건 참을 수 없는 모양이다.

"밥 꼭 먹어야 되나? 배 안 고픈데."

샤인은 동의를 구하듯 마리와 기한에게 눈길을 보냈다.

"우리 마지막 만찬이 될 텐데 맛있는 거 먹자."

마리가 보고 있던 목포 안내장을 접으며 말했다. 깡통은 벌써 길 건너 식당 쪽으로 가고 있었다. 마리와 기한이 깡통을 뒤따르자 샤인도 어쩔 수 없는지 터덜터덜 쫓아왔다.

식당은 점심때라 손님들로 북적거렸다. 김치찌개 백반을 시켰을

83

뿐인데 반찬이 한 상 가득 한정식 수준이다. 기대 이상으로 푸짐한 상차림이었지만 네 사람 모두 먹는 모습이 시원치 않았다. 기한은 마주 앉은 깡통의 안테나를 피하는 요령이 생겼지만 밥알이 입안에서 겉돌아 반 공기도 채 먹지 못했다.

밥을 가장 못 먹는 사람은 샤인이었다. 무슨 걱정거리가 있는지 한숨을 푹 쉬기도 하고 불안스레 주위를 두리번거리며 밥을 먹는 둥 마는 둥 했다. 기한은 땅끝이 가까워져 다들 불안한 마음이리라 생각했다.

식사가 끝나자 샤인이 쭈뼛거리며 입을 열었다.

"죽는 마당에…… 나 너희들한테 죽을 죄 졌어."

샤인의 뜬금없는 말에 모두 어리둥절했다.

"새벽에 있었던 일이라면 됐어. 시간 맞춰 왔잖아. 더 사과하지 않아도 돼."

마리가 샤인을 툭 치며 웃었다.

"그게 아냐……. 돈이 없어."

샤인은 각오가 되어 있다는 듯 담담하게 말했다.

"설마, 지금 우리가 먹은 밥값도 없다는 말은 아니겠지?"

기한은 샤인의 말을 믿고 싶지 않았다. 샤인은 고개를 떨군 채 아무 대답도 하지 못했다.

"그, 뭐였더라? 돈이 없다고? 밤새 내 돈 쓰고 다닌 거야?"

"뭐…… 조금. 조금만 쓰려고 했는데……."

깡통의 얼굴이 부풀어 오르더니 무섭게 일그러졌다.

"욕해도 할 말 없고……. 생각해 봤는데, 한 사람씩 식당을 나가. 나가자마자 튀어. 저 위 유달산에서 만나. 내가 마지막으로 나갈게."

샤인이 자기 딴에 먹고 튀는 시나리오를 짠 모양이었다. 기한은 그나마 먹은 밥이 올라올 것 같았다.

"그러다 잡히면 어떻게 되는 줄 알아?"

아무도 대답이 없었다.

"경찰서 가면 각자 집으로 연락이 갈 거라고. 그럼 우리 계획이고 뭐고 다 끝장인 거 몰라?"

기한의 말에 모두 낯빛이 굳어졌다. 생각보다 심각한 상황이었다. 잡히지 않고 이 식당을 도망쳐 나가는 게 최선이었다. 기한이 입을 열었다.

"내가 마지막으로 나갈게."

"됐어. 잡혀도 내가 잡혀."

샤인이 비장하게 말했다.

"네가 잡히면 우린 무사할 것 같아?"

"내 잘못이야."

"착각하지 마. 너 때문이 아니라 일 복잡해지는 거 질색이라 그래. 지금도 머리가 터져 버리기 직전이야. 샤인, 너 백 미터 달리기 몇 초야?"

샤인은 선뜻 대답을 하지 못했다.

“달리기 잘하냐고?”

기한이 다그쳐 물었다.

“젬병이야. 그래도 열심히 뛸게.”

기한은 기가 막혔다.

“다른 건 몰라도 나 달리는 건 잘해.”

기한은 꼼쥐한테 잡힐 때처럼 다리만 꼬이지 않길 바랄 뿐이었다.

“괜찮겠어?”

마리가 걱정스런 눈으로 기한을 보았다.

“너나 잘하시지, 스노우맨.”

말이 뒤틀려 나왔다. 마리가 아니었다면 기한은 이곳까지 따라나서지 않았을 것이다. 기한은 마치 이 모든 일이 마리 때문인 것처럼 화가 났다.

마리와 깡통이 먼저 식당을 나가고 샤인이 뒤따랐다. 기한은 아이들이 나간 뒤에도 한참을 혼자 식당에 머물렀다. 가게가 넓고 워낙 분주한 시각이라 다행이었지만 현관 앞 카운터를 지키고 있는 주인 아저씨가 문제였다. 아저씨가 혼자 남은 기한을 힐끗거리며 보는 게 느껴졌다.

한 무리의 사람들이 계산을 하기 위해 카운터로 다가가는 걸 보고 기한은 천천히 자리에서 일어났다. 사람들 눈에 띄지 않기 위해서는 최대한 자연스럽게 움직여야 한다. 하지만 잔뜩 긴장한 몸이 뻣뻣하게 굳어 부자연스러웠다.

카운터를 지나는 기한의 심장이 터질 듯 뛰고 있었다. 현관문까지 몇 걸음, 아저씨가 기한을 눈치채지 않길 바라며 걸음을 옮겼다.

"학생! 계산해야지."

기한의 바람은 순식간에 산산조각이 나고 말았다. 아저씨의 목소리가 떨어지기가 무섭게 기한은 문을 박차고 내달렸다.

"야! 거기 안 서! 이 도둑놈아!"

아저씨가 고래고래 소리를 지르며 쫓아왔다. 기한은 뒤도 돌아보지 않고 뛰었다. 지나가는 사람들이 쳐다보긴 했지만 다행히 기한을 잡으려 하진 않았다. 기한은 눈에 들어오는 골목으로 뛰어들었다.

얼마나 달렸는지 가슴에 통증이 일었다. 숨을 헐떡이며 뒤를 돌아보았다. 거리는 조용했고 쫓아오는 사람도 없었다.

유달산은 산이라고 불리기에 부끄러울 정도로 나지막한 구릉이었다. 목포역에서 아주 가까이 있었기 때문에 기한이 아이들이 모여 있는 곳을 찾기란 어렵지 않았다. 마리가 가장 먼저 기한을 발견하고 다가왔다.

"무사했구나!"

마리는 안도와 반가움으로 기한을 맞았다.

"이게 무사한 거냐? 차비도 없고 밥 도둑까지 됐는데."

마리를 보자 기한은 화부터 났다. 마리 잘못도 아닌데 왜 자꾸 이 아이한테 화가 나는지 자신도 모를 일이었다.

"가방은 안 돼!"

샤인의 새된 목소리가 들려왔다. 샤인은 끌어안은 가방을 깡통에게 뺏기지 않으려고 안간힘을 쓰고 있었다.

"그, 뭐였더라? 내 돈으로 뭐 했는지 봐야겠어."

필사적으로 가방에 매달리는 샤인과 가방을 빼앗으려는 깡통의 실랑이가 이어졌다. 덩치로 보나, 힘으로 보나 깡통이 단연 우세해 보였지만 죽을힘을 다해 가방에 매달리는 샤인을 당해 내지 못하는 모양이었다. 무엇이 들었기에 샤인이 그토록 가방에 매달리는 것인지 기한은 의아한 생각이 들었다.

보다 못한 마리가 깡통의 팔을 잡으며 끼어들었다.

"그만해. 우리 이런 걸로 시간 낭비하지 말자. 돈이 없으면 어때? 돈이라는 거 아무것도 아닌데. 지금 우리한테 중요한 건 함께 땅끝까지 가는 거야."

마리는 마치 모든 것에 초연한 사람처럼 상황을 정리하고 있었다. 기한은 그런 마리가 자꾸 거슬렸다. 이렇게 일이 복잡해지고 꼬이게 된 데엔 마리의 책임이 컸다. 떼거지로 아이들을 모은 것도, 굳이 땅끝까지 일행을 이끄는 것도, 모두 마리가 주도한 일이었다.

"넌 뭐가 그렇게 쉽냐? 땅끝이라는 말에 혹해서 여기까지 따라오긴 했는데, 우리한텐 이게 한계야. 넌 그걸 아직도 모르겠냐?"

기한이 마리에게 따지고 들었다.

"그럼, 빈센트 넌 우리가 어떻게 했으면 좋겠는데?"

마리가 담담하게 물었다.

"우린 땅끝까지 못 가. 그게 지금 우리 상황이야. 이곳에서 적당한 장소를 찾아보는 길밖에 없어."

"그, 뭐였더라? 난 땅끝까지 갈 거야."

깡통이 우물쭈물 끼어들었다.

"나두."

샤인이 말했다.

"그럼, 이 추위에 땅끝까지 걸어가기라도 하자는 거야!"

기한은 앞뒤 분간을 못하는 아이들이 답답해 소리쳤다.

"응. 걸어가자."

마리가 천연덕스럽게 말했다.

"정말 걸어갈 작정이라고?"

기한은 어처구니가 없었다.

"아까 지도 보니까 여기서 백 킬로만 가면 땅끝이야. 오늘, 내일 절반씩 나눠 걸으면 내일 오후엔 땅끝에 도착할 거야. 그게 무리면 하루 더 늘리면 되고."

"넌 백 킬로 걷는 게 장난인 줄 알아? 좋아, 걷는 거 그렇다 치자. 그럼, 잠은 어디서 잘 건데? 밥 때만 되면 배고프다고 안달하는 이 새끼들은 어쩔 건데?"

기한이 다그쳐 물었다.

"무전여행한다고 생각하면 되지. 시골엔 빈집도 많대. 아님 마을 회관 같은 데 신세를 질 수도 있고. 먹는 거? 시골 인심에 그 정도 못

떼우겠어? 뭐, 일해 주고 밥 한 끼 얻어먹을 수도 있고."

마리는 미리 계획이라도 세워 놓았던 것처럼 줄줄이 말을 이었다. 기한은 마리 표정에서 기대와 설렘이 어리는 걸 놓치지 않았다. 천진하다고 하기엔 무모하기 짝이 없는 아이였다.

"네 무모함 때문에 우리가 그런 고생을 왜 해야 하는데? 넌 빨리 끝내고 싶지 않냐?"

"급할 거 없다고 했잖아. 난 이런 여행 처음이야. 모든 걸 다 던지고 선택한 길이라고. 내가 원했던 곳, 끝까지 가고 싶어. 처음이자 마지막인데, 포기하고 싶지 않아."

마리가 고집을 피웠다.

"포기하고 싶지 않다고? 모든 걸 포기하고 여기까지 온 거 아니었어? 우린 모든 걸 다 끝내려고 모인 거잖아. 안 그래?"

마리는 잠시 머뭇거리다가 입을 열었다.

"그래, 맞아. 그래도 죽기 전에…… 원하는 거 하나쯤은 하고 싶어."

"난 그 빌어먹을 원하는 거 하나도 없다고! 그래서 이 억지스런 짓을 지금 당장 그만두고 싶다고!"

기한은 이 번잡스런 여행을 더 이상 끌고 싶지 않았다. 하지만 마리와의 의견 차이는 좁혀지지 않았다. 기한에게 삶에 대한 미련이 남아 있지 않았다면, 마리는 무언가 남아 있는 사람처럼 보였다. 깡통이 쭈뼛거리며 끼어들었다.

"그, 뭐였더라? 걷는 건 싫은데…… 땅끝까지 갈 거야. 가다가 UFO를 만날 수도 있으니까."

샤인도 눈치를 보며 입을 열었다.

"나, 도망갈까 했었어. 근데 못했어…… 나 혼잔 무서워서…… 혼자는 못해. 어디든 끝까지 따라갈래."

"젠장!"

기한은 돌멩이를 걷어차며 신음하듯 내뱉었다. 기한에게도 선택의 여지는 없었다. 서울로 돌아가기엔 너무 멀리 와 버렸고, 이곳에 혼자 남아 죽을 방법을 찾기엔 샤인만큼 두려웠다.

8

바닷길을 에돌아 목포를 벗어났다. 관광 안내 지도에 의지해 가는 길이라 큰 도로를 따라 가기로 했다. 처음 바다를 보고 폴짝폴짝 뛰며 탄성을 질러 대던 마리도 조용해졌다. 걷기 시작한 지 세 시간째이니 그럴 만도 했다. 얼굴엔 지치고 힘든 기색이 역력했다. 주운 페트병에 담아 온 물로 그나마 목을 축일 수 있어 다행이었다. 점점 다리가 아프고 배도 고파 왔지만 무엇보다 견디기 힘든 건 추위였다. 해가 기울어 가면서 바닷바람이 더 시리고 거세졌다.

기한은 생각보다 걷는 게 나쁘지 않았다. 코끝을 아리게 하는 바람도 무의식적으로 내딛게 되는 다리의 무감각도 괜찮았다. 이렇게 목적지가 또렷한 길을 걸어 본 적이 없었다는 걸 기한은 문득 깨달았다. 기한은 그 길 위에서 오롯이 자신만을 느끼고 있었다. 돌아갈 길은 없고 비록 그 목적지가 마지막 장소가 될지언정, 앞으로 나아갈 길이 있다는 것이 이 순간 위안이 되었다. 두려움과 막막함으로 허둥 대던 이전의 자신은 스스로 길을 선택해 본 적이 없는 외롭고 가엾은 아이에 불과했다. 하지만 이 길은 아무도 침범할 수 없는 기한의 길이었다.

일행 중 가장 힘들어하는 사람은 단연 깡통이었다. 전파 장비가 든 무거운 가방과 보는 것만으로도 부담스런 뚱뚱한 몸집. 깡통의 걸음은 안쓰러우리만큼 무거워 보였다. 콧잔등에 송골송골 땀이 맺힌 깡통은 하얀 입김을 가쁘게 내쉬었다. 인적이 드물고 사방이 확 트인 곳으로 나오자 머리 위의 안테나는 어느새 깡통 키만 한 길이로 늘어나 있었다. 서울에선 발을 옮길 때마다 장애물에 걸려 거추장스러웠던 안테나가 당당히 하늘을 향해 높이 솟아올랐다. 깡통은 하늘 높이 전파를 날리는 안테나가 퍽이나 만족스러웠다.

구부정한 어깨가 더욱 아래로 처진 샤인의 뒷모습은 측은해 보였다. 깡통에게 뺏길 뻔했던 가방은 어깨를 가로질러 단단히 매여 있었다. 샤인은 잠시 고개를 들어 주위를 둘러보고는 가방을 어루만졌다. 마지막 순간 그와 함께하게 될 가방 속 물건들은 그 자신이며 닿지 않아 애달픈 꿈이었다. 이 길을 함께 동행하게 된 아이들을 속였다는 자책감이 샤인의 걸음을 무겁게 했다. 이유는 서로 다르지만 이 길을 택할 수밖에 없었던 그들의 절망과 상처의 무게를 누구보다 잘 아는 샤인이었다.

영암방조제는 그 끝이 가물가물해 보일 만큼 길게 이어져 있었다. 오른쪽 바다로 난 물빛은 왼쪽의 민물에 비해 더 푸르고 깊어 보였다.

"갈치 낚시하고 싶었는데."

어느새 기한의 옆에 다가온 마리가 혼잣말처럼 중얼거렸다.

"갈치는 있잖아, 물속에서 꼿꼿하게 서서 헤엄치고 생활한대. 아주 급하게 이동할 때만 빼고. 그 긴 몸을 칼처럼 일자로 서서 말이야."

"그러냐?"

기한은 뜬금없는 갈치 얘기에 건성으로 대답했다.

"또 굶주리면 자기 꼬리를 뜯어 먹는대."

"꽤 엽기적인 놈이네."

"자기 꼬리를 뜯어 먹으려고 동그랗게 몸을 말고 있는 갈치를 상상해 봐. 난 울컥 눈물이 나더라."

마리는 자기 생각에 빠진 사람처럼 바다 멀리 시선을 던졌다.

"그게 뭐 울 일이라고."

기한은 여자아이들의 유치한 감수성에 동참하고 싶지 않았다.

"그게 말이지, 살기 위해서 자기 몸을 뜯어 먹는 게 아니라는 생각이 들었어. 점점 다가오는 죽음 앞에서 너무나 고통스러웠던 게 아닐까. 살아 있지만 살아 있다는 걸 느낄 수 없을 만큼의 고통. 그 아픔을 끝내고 싶었던 거라는 생각이 들더라구."

"갈치가 자살을 선택했다는 거야?"

"그럴지도."

그 말을 할 때 마리의 얼굴은 처연해 보였다. 기한은 문득 어떤 아픔이 이 아이를 여기까지 오게 했는지 처음으로 궁금해졌다.

방조제를 다 건너왔을 때, 일행은 커다란 이정표를 올려다보며 말을 잃었다.

'땅끝 70km'

막연한 이야기 속 지명처럼 느껴졌던 '땅끝'이 또렷한 현실로 눈앞에 다가와 있었다. 기한은 담담하게 받아들였다. 오히려 자신의 마지막 장소인 '땅끝'이 더없이 친근한 어감으로 느껴졌다.

해안 도로를 벗어나 내륙 쪽으로 길을 접어든 지 두 시간이 가까워지고 있었다. 광활하게 펼쳐진 평야를 가로질러 가는 길은 그 끝이 보이지 않았다. 해는 이미 지평선을 붉게 물들이며 지고 있었다. 모두가 지칠 대로 지쳤다. 배고픔과 추위까지 겹쳐 한 걸음도 내딛기 힘겨웠다.

"더는 못 걷겠어."

깡통이 풀썩 도로가에 주저앉았다.

"일어나 깡통! 어디든 가야 쉴 거 아냐!"

기한은 이대로 주저앉으면 다신 일어설 수 없을 것 같은 불안감으로 목소리를 높였다.

"그, 뭐였더라? 못 일어나. 힘들어 죽을 거 같아."

깡통은 곧 울음이라도 터트릴 것 같았다.

"깡통, 조금만 힘을 내자. 더 어두워지면 길 찾기도 힘들어."

마리가 깡통의 등을 어루만졌다. 깡통은 마지못해 커다란 덩치를 일으켜 세웠다.

일행은 큰 도로를 벗어나 가까운 마을을 찾아보기로 했다. 마을에 들어간다고 해서 하룻밤 묵을 곳과 먹거리를 구할 수 있을 거라 장담할 수 없었지만, 바람 한 점 피할 수 없는 길 위에서 밤을 맞이할 수는 없는 일이었다.

"빈방이 있기는 헌디, 냉골이랑께. 거시기 장작 쪼까 갖다줄 텡께 군불을 지펴 볼랑가? 구들은 짱짱헝께 따습긴 헐 것이여."

인심 좋은 아주머니는 땔감과 함께, 동네잔치가 있었다며 떡이며 돼지머리 고기, 김치까지 가져다주었다. 뜻밖에 얻은 음식은 그야말로 꿀맛이었다. 목포역 식당에서 한정식 수준으로 차려진 밥상을 놓고도 입맛이 없어 깨작거리던 아이들이었는데, 콩고물 하나 남김없이 그릇을 비워 냈다.

기한과 샤인이 군불을 피우기로 했다. 장작에 불을 지피는 일은 결코 쉽지 않았다. 매운 연기 때문에 기한과 샤인은 몇 번이나 줄행랑을 쳐야 했다. 찔끔찔끔 눈물을 훔쳐 가며 한참 불과 씨름을 한 뒤에야 비로소 장작에 불이 일어났다. 불이 한번 살아나자 바짝 마른 장작은 딱딱 소리를 내며 잘도 탔다. 추위에 먼 길을 걸어온 탓인지 장작불이 피워 내는 열기가 기한의 마음과 몸을 노곤하게 풀어 주었다.

기한과 샤인이 방 안으로 들어서는데, 분위기가 심상치 않았다. 마리는 당황한 기색으로 천장을 올려다보고 있었고, 깡통은 막 들어선 샤인을 혐오스런 눈빛으로 쏘아보았다.

"그, 뭐였더라? 너… 변태냐?"

깡통이 벌레를 씹어 뱉듯 말했다. 샤인의 얼굴이 하얗게 질렸다. 핑크색 하트가 프린트된 하늘하늘한 원피스와 화장품, 브래지어, 여성용 팬티 등이 깡통 앞에 널브러져 있었다.

"그, 뭐였더라? 네 가방에서 나온 거야. 너 변태 맞지?"

"아냐, 그런 거!"

샤인은 몸을 날려 바닥에 널린 물건들을 끌어안았다.

"뭐가 아냐? 더러운 변태 새끼!"

깡통은 얼굴이 벌게져 소리쳤다.

"나 변태 아냐!"

샤인은 원피스를 부여잡고 울먹거렸다.

"그럼 이것들은 다 뭐냐?"

겨우 상황 파악을 한 기한이 샤인을 몰아붙였다.

"그, 뭐였더라? 우릴 밥도 굶기고 그 먼 길 걸어오게 해 놓고 내 돈으로 이딴 거 산 거냐? 변태 새꺄!"

깡통이 분한 듯 씩씩거렸다.

"나 변태 아냐."

샤인은 고개를 흔들며 울음을 터트렸다.

"다들 그만해."

묵묵히 보고 있던 마리가 끼어들었다.

"샤인, 넌 우리한테 이 상황을 설명해야 돼. 우린 한 배를 탔잖아. 서로를 믿을 수 없으면 함께 갈 수 없어."

마리는 부드럽지만 단호한 태도로 말했다. 훌쩍거리던 샤인이 마음을 먹은 듯 입을 열었다.

"그래. 얘기할게. 변태로 오해받으며 죽고 싶진 않으니까."

샤인은 또 한참을 망설이다가 말을 이었다.

"나 사실은…… 여자야."

모두가 어안이 벙벙한 얼굴로 입을 다물지 못했다. 전혀 생각지도 못했던 샤인의 말에 방 안은 순간 정적이 흘렀다. 깡통이 샤인을 훑어보며 말문을 열었다.

"그, 뭐였더라? 니가 여자면 난 피오나 공주냐?"

고개를 푹 숙인 샤인이 더듬거리며 이야기를 시작했다.

"어렸을 땐…… 지독한 마법에 걸려 태어난 거라고 생각했던 적도 있었어. 내 마음, 내 생각, 내 욕망 모두 여잔데 나쁜 마녀가 내 몸을 남자로 만들어 놓았다고. 그 마법을 풀지 않으면 난 결코 나로 살아갈 수 없고 행복할 수 없는데, 세상 사람들은 그 마법을 풀고 싶어 하는 나조차 인정해 주지 않았어.

내 잘못이 아닌데…… 못된 마녀 탓인데…… 사람들은 날 가만 내버려 두지 않는 거야. 아이들한테 게이라고 놀림을 당하고, 재수 없다며 끌려가 두들겨 맞는 것까진 참을 수 있는데, 엄마 아빠마저 날 징그러운 괴물 취급하는 건 못 견디겠더라."

샤인은 울음이 복받쳐 잠시 말을 잇지 못했다. 책을 읽듯 억양 없이 툭툭 끊어지던 샤인의 말투는 어느새 여자아이처럼 나긋하고 부드러워져 있었다. 기한은 무뚝뚝했던 샤인의 말투가 스스로를 감추기 위한 위장이 아니었을까 하는 생각이 들었다.

"아빠는 나보고 나가 죽으래. 엄만 같이 죽자고 하더라. 남동생은 쪽팔리고 재수 없다고 날 피해 다니고. 난 정말 엄마 아빠가 원하는 대로 살아 주고 싶어. 백번도 그러고 싶어. 그런데…… 안 되는걸. 난 그렇게 살 수 없어. 한 번도 내가 남자라고 생각해 본 적이 없거든. 난 여자니까. 몸만 남자로 태어난 여자니까.

내가 나로 살 수 없을 바에야 차라리 죽는 게 낫다고 생각했어. 있지, 나한텐 꿈도 있어. 푸드 스타일리스트. 음식을 예쁘게 꾸미는 게 내 꿈이야. 그 꿈도 내겐 간절해. 근데…… 내가 여자로 살지 못하는 거에 비해선 아무것도 아니야. 아무런 의미가 없다고. 꿈도 가족도 목숨까지 다 버릴 수 있는데…… 내가 여자라는 건, 버릴 수가 없어.

너희들한테는 미안해. 작정하고 그런 건 아니야. 나, 남탕엔 못 들어가. 잠깐 바람 쐬러 나갔다가 야시장엘 갔어. 죽기 전에 입고 싶었던 예쁜 옷들 원 없이 구경이나 하려고……. 근데, 갖고 싶더라. 눈앞에 걸려 있는 하늘하늘한 원피스를 보는데 참을 수가 없더라……. 죽기 전에 예쁘게 입혀 주고 싶었어, 나한테. ……미안해. 정말 미안해."

샤인의 놀라운 고백에 아무도 말문을 열지 못했다. 기한은 샤인의 처지를 모두 이해할 수 없었지만 오히려 샤인이 자신보다 더 많은 걸 가진 녀석이라는 생각이 들었다. 세상과 화합하기 힘들다 해도 샤인은 적어도 자신에게 원하는 것이 분명했기 때문이다.

샤인은 방 한쪽 구석에 벽을 보고 돌아누워 자고 있었다. 자신의 얘기를 털어놓은 뒤, 샤인은 홀가분해했다. 긴 키를 잔뜩 웅크리고 자는 뒷모습이 애처로웠다. 강행군을 한 탓에 모두가 노곤히 잠이 들었다. 기한은 물집 터진 발바닥이 화끈거려 쉽게 잠이 오지 않았다. 깡통은 온몸을 뒤척이며 잠꼬대까지 해 댔다. 깡통의 생에 가장 고된 하루였을 것이다.

마리는 여전히 비니 모자를 쓴 채 잠이 들었다. 마리가 모자를 벗은 모습을 기한은 아직 한 번도 보지 못했다. 아주머니 말대로 구들은 따뜻하다 못해 뜨거울 지경이었다. 아이들의 땀 냄새가 방 한가득 떠다녔다. 기한은 아픔과 절망, 무기력이 온전히 자신만의 것이라고 생각했었다. 하지만 지금 한방에 자고 있는 이 아이들의 아픔도 참 가엾다는 생각이 들었다. 내일이면 땅끝에 닿을 수 있을 것이다. 자신과 이 아이들의 마지막 밤은 무심히 기울고 있었다.

9

새벽 서리가 하얗게 마당 위로 내려앉아 있었다. 기한은 툇마루에 앉아 뿌옇게 안개 서린 마당을 바라보았다. 잠이 올 것 같지 않았는데 오랜만에 깊은 단잠을 잤다. 어제의 긴 여정이 고단해서였을까, 요 며칠 기한을 괴롭히던 악몽도 꾸지 않았다.

기한은 오늘 하루 걸어야 할 길을 가늠해 보았다. 발바닥의 물집은 그렇다 쳐도 종아리의 근육이 단단하게 뭉쳐 움직일 때마다 통증이 느껴졌다. 고된 하루가 될 거란 예감이 들긴 했지만 그렇다고 멈추고 싶은 마음은 들지 않았다. 그 마음이 무엇인지 기한은 알 수 없었다. 자신의 마지막 자리가 꼭 땅끝이어야 한다는 마음에서인지, 처음으로 무엇엔가 맞서고 있다는 기분 때문인지, 걸어서 가는 이 여정이 기한은 나쁘지 않았다.

　　화장실에 가기 위해 신발을 찾던 기한은 댓돌 한 켠에 곱게 접힌 종이를 발견하고 주워 들었다. 종이를 펼쳐 보니 동글동글하고 앙증맞은 필기체가 눈에 들어왔다.

1. 한밤중에 개울에서 알몸으로 헤엄치기.

2. 한강 다리 위에서 세상에 대고 미친 듯이 욕하기.

3. 알프스 산이 바라다보이는 레스토랑에서 퐁듀 먹어 보기.

4. 날 화나게 했던 사람들 엉덩이 걷어차 주기.

5. 비 오는 날, 거리를 쏘다니며 흠뻑 비를 맞기.

　　기한은 문득 기차에서 마리가 쓰자고 했던 버킷리스트를 떠올렸다. 죽기 전에 꼭 하고 싶은 일의 목록, 이건 마리의 버킷리스트였다.

14. 러너스 하이를 느낄 때까지 달려 보기.

15. 세계에서 가장 아찔한 롤러코스터 타기.

16. 갈라파고스제도에 있는 우체통에 편지 써 넣기.

17. 최고의 장소에서 최고의 일출 보기.

18. 자전거 타고 전국 일주하기.

19. 그랜드캐니언에 서 보기.

20. 토네이도 직접 보기.

　　……

33. 글라이더 타 보기.

34. 아프리카에 자원봉사 가서 아이들에게 비행기 접어 주기.

35. 웨딩드레스 입어 보기.

36. 스페인 부뇰 토마토 축제 참가하기.

37. 중국 만리장성 위를 걷기.

38. 미켈란젤로의 다비드 상 직접 보기.

39. 비행기 조종하기.

40. 이스터 섬의 모아이 옆에 서 보기.

41. 김연아 피겨 스케이트 경기 직접 보기.

42. 루브르 박물관에서 그림 감상하기.

목록을 읽어 내려가던 기한은 마리가 정말 죽고 싶은 아이인지 의심스러웠다. 그런 생각은 마리를 처음 본 뒤부터 문득문득 기한을 의아하게 했었다.

77. 길게 머리 길러 파마하기.

78. 영정 사진 예쁘게 찍기.

79. 하루 종일 초콜릿 먹기.

80. 찜질방에서 친구들과 하룻밤 자기.

81. 산 정상에서 종이비행기 날리기.

82. 하루 종일 팝콘 안고 뒹굴며 만화책 보기.

83. 가슴 벅차게 성인식 해 보기.

84. 사랑하는 남자와 하루 종일 전화로 수다 떨기.

85. 멋진 카페에서 뒷골 당기게 단 케이크와 진한 커피 마시기.

86. 여름에 쌍둥이 나무 다시 보기.

87. 갈치 낚시 하기.

찜질방에서 하룻밤 자기가 지워져 있었다. 설마 마리는 이런 식으로 하나씩 목록을 지워 갈 생각으로 버킷리스트를 쓴 건 아니겠지? 기한은 마리가 무슨 생각으로 이런 걸 썼는지 종잡을 수 없었다.

98. 누군가에게 가장 소중한 사람으로 남기.

99. 엄마 아빠게 고맙다는 말 전하기.

100. 고통스럽지 않고 편안히 눈을 감기.

목록은 모두 백 가지였다. 죽기 전에 하고 싶은 일, 백 가지. 죽기 위해 길을 나선 아이가 이런 걸 썼다는 건 말이 되지 않았다. 순간 기한은 마리와 자신의 차이점이 무엇인지 깨달았다. 마리는 살고 싶은 거였다! 죽기 전에 하고 싶은 마리의 백 가지 목록이 그걸 말해 주고 있었다.

기한은 혼란스러워졌다. 땅끝까지 가자는 이 여정을 제안한 것도 마리였다. 전혀 알지도 못하는 네 아이가 죽음을 위해 모인 것도 마리의 생각이었다. 생각지도 못했던 이 모든 여정의 선두에는 마리가 있었다. 그런데 그 아이는 삶에 대한 열망이 그 누구보다 충만한 아이였다. 기한은 뒤통수를 얻어맞은 것처럼 머리가 멍해졌다.

"어머, 어떡해! 깡통 일어나 봐."

방 안에서 샤인의 호들갑스러운 목소리가 들려왔다. 아무리 커밍아웃을 했다고 해도 말투가 저렇게 백팔십도 바뀔 수 있다니, 기한은 손발이 오그라드는 기분이었다.

"마리가 이상해! 어머, 어떡하면 좋아!"

샤인의 목소리가 심상치 않았다. 기한은 방으로 뛰어 들어갔다. 마리는 눈이 하얗게 뒤집혀 온몸을 떨며 경련을 일으키고 있었다. 샤인과 깡통은 겁에 질린 얼굴로 어쩔 줄 몰라했다. 발작을 일으키는 사람은 진정이 될 때까지 기다려 주어야 한다는 얘기를 기한은 들은 적이 있었다. 일단 마리를 모로 누이고 경련을 일으키는 손을 잡아 주었다.

"그, 뭐였더라? 119… 구급차를… 불러야 되는 거 아냐?"

깡통이 더듬거리며 말했다.

"119?"

순간 기한은 마리가 자신에게 했던 부탁을 떠올렸다.

'혹시 내가 아프거나 쓰러져도 절대 병원엔 데리고 가지 마. 부탁이야.'

기한은 난감했다. 마리가 그렇게까지 부탁을 했을 때엔 이유가 있을 것이다. 그렇다고 이렇게 지켜보고만 있어야 하는지 판단이 서질 않았다.

잡고 있는 손을 통해 마리의 경련이 고스란히 전해져 왔다. 두렵고 괴로웠다. 누군가를 보호하거나 책임져 본 일이 없는 기한이었다. 하지만 이 상황을 수습할 사람은 자신뿐이라는 생각에 마음이 무거웠다.

몇 분이 지나자 마리의 경련이 조금씩 잦아들었다. 하지만 몸이 축 늘어진 채 마리는 깨어나지 못하고 있었다.

"워매, 먼 일이다냐? 언능 빙원에 델꼬 가야 쓰겄네잉."

샤인이 어느새 주인아주머니를 데리고 왔다.

"병원은 안 돼요."

기한이 정색을 하고 나섰다.

"워째 빙원이 안 돼야?"

아주머니는 이상하다는 듯 기한을 쳐다보았다.

"얘가 병원을 무서워해요."

궁색하기 그지없는 대답이었다.

"워짜 쓸까나……. 거시기 여그서 쪼까 가면 연구리라고 나오는 디야. 거그 까막바웃골이 용헌 침쟁이 할배가 사는디, 빙원이 싫으면 거그라도 가 보는 거이 워쩠컸냐?"

"침쟁이 할배요?"

기한은 귀가 번쩍 뜨였다.

"시방은 빙원들이 허벌라서 찾는 사람덜이 읎는갑다만, 급헌 환자 덜이 종종 찾기는 허는갑제. 워째 가 볼랑가?"

기한은 마리를 들쳐 업고 집을 나왔다. 아주머니가 일러 준 대로 연구리로 이어지는 길을 따라 걸음을 재촉했다.

"어머, 어떡해? 마리 괜찮겠지? 얜 어디가 아픈 거니? 나 이런 거 무서워."

뒤따라오는 샤인이 울상을 지으며 징징거렸다.

"그, 뭐였더라? 입 좀 다물지. 너 때문에 더 불안해. 그리고 말투는 왜 그러냐? 그게 니 원래 말투냐?"

깡통이 숨이 차 헉헉거리며 핀잔을 주었다.

"여자애들하고 많이 어울려서 그래. 왜? 듣기 거북하니?"

"그, 뭐였더라? 헷갈리잖아. 징그럽고."

"어머, 징그럽다는 말은 좀 심하다, 애."

"그, 뭐였더라? 입 좀 다물라니까."

"입 두고 입을 다물라는 게 말이 되니? 난 불안하면 말이 더 많아 진단 말이야."

"그, 뭐였더라? 니 말 때문에 내가 더 불안하다고."

깡통과 샤인은 티격태격하며 뒤처졌다.

알이 밴 다리 통증에도 기한은 걸음을 늦추지 않았다. 마리는 안쓰러우리만큼 가벼웠다. 하천을 따라 갈대밭이 무성하게 이어져 있었다. 멀리서 그 수를 헤아릴 수 없는 물오리 떼가 하늘에 거대한 그림자를 그리며 지나갔다. 이 광경을 보았다면 마리는 또 감탄사를 질러 대며 펄쩍펄쩍 뛰었을 것이다.

기한은 마리의 버킷리스트를 떠올렸다. 마리는 땅끝에 갈 아이가 아니다. 살고 싶은 이유가 적어도 백 가지는 있는 아이다. 처음부터 죽고 싶은 생각 따윈 없었는지 모른다. 그렇다면 왜 마리는 이 길에 동행했을까? 종잡을 수 없는 의문 속에서도 기한에게 단 한 가지 또렷하게 다가오는 게 있었다.

'마리를 살려야 한다.'

다행히 마을로 들어가는 트럭을 만났다. 마리의 상태를 본 트럭 운전기사는 까막바위골 침쟁이 할아버지 집까지 모두를 태워다 주었다.

대문은 활짝 열려 있는데 마당엔 아무도 보이지 않았다. 줄에 매인 진돗개 두 마리가 컹컹 짖어 대며 기한과 아이들을 맞았다. 마리를 업은 기한은 안을 기웃거리며 마당으로 들어섰다.

"으떤 썩을 넘이 기별도 읎이 너무 집 뮤설주를 차고 들어온다냐?"

쩌렁쩌렁한 목소리를 울리며 백발의 할아버지가 뒷마당에서 모습을 드러냈다. 일하다 나오는 길인지 옷에 묻은 먼지를 털고 있었다. 할아버지는 깊게 잡힌 주름을 잔뜩 찌푸리며 기한을 쏘아보았다. 그 기세에 기한은 말 한마디 꺼내지 못하고 서 있었다.

"썩을 넘, 아그가 다 죽게 생겼는디 언능 안 들어가고 뭐 하고 섰능 겨!"

할아버지는 대뜸 호통부터 쳤다.

"예?"

"썩을 넘이 열린 귀구녕으로 두 말 허게 허네잉. 퍼뜩 아그 델고 방으로 안 들어가냐."

"예."

할아버지의 재촉에 기한은 마루로 올라섰다. 일단 마리를 누이는 게 우선이었다.

할아버지는 마루에 올라서다 말고 뒤따라 들어온 깡통을 보고 인상을 찌푸렸다.

"고거이 뭐시랑가? 거 대갈박에 뒤잡아쓴 정신 시끄란 모자 당장 벗어뻔지지 못하것냐!"

"그, 뭐였더라? 이거 나쁜 거 아닌데요."

깡통은 헬멧을 감싸며 겁먹은 듯 웅얼거렸다. 샤인도 덩달아 주눅이 들어 슬그머니 깡통 뒤로 몸을 숨겼다.

"이 호랭이가 물어갈 넘! 벗으라면 싸게 벗어뻔질 것이제 뭐라 시부렁거려 쌌냐!"

할아버지의 호통에도 깡통은 헬멧을 벗을 마음이 없었다.

"썩을 넘들이 무담시(괜히) 헌말 또 허게 맹그네잉. 이 집 주인은 낭께, 여그 기대 들어올 맴이면 벗어뻔지고, 안 글면 여그 발 한짝도 디

더 놀 생각언 말어."

그 말을 남기고 할아버지는 방으로 들어가 버렸다.

"깡통, 할아버지 말 들어."

샤인이 깡통의 옆구리를 쿡 찌르며 말했다. 깡통은 부루퉁한 얼굴로 꿈쩍도 하지 않았다.

방 안엔 한약재가 담긴 삼베 주머니들이 즐비하게 매달려 있었다. 그윽한 한약재 냄새가 방 한가득 흘러넘쳤다. 기한은 마리를 진맥하는 할아버지를 초조하게 바라보았다. 할아버지의 눈썹이 꿈틀하더니 낯빛이 굳어졌다. 눈과 혀까지 찬찬히 살피던 할아버지가 마리의 비니 모자를 벗겼다. 모자가 벗겨진 마리의 모습을 보고 기한은 너무 놀라 숨이 막히고 말았다. 솜털같이 막 자란 머리카락 사이로 길게 꿰맨 수술 자국들이 선명하게 드러나 있었다.

마리의 모습과 오토바이 사고로 머리에 피를 흘리며 쓰러진 아이의 모습이 겹쳐지면서 기한은 뒷골이 서늘해졌다. 순간 가슴이 조여드는 통증이 밀려왔다.

"썩을 넘, 요 지경이 된 아그를 싸게 병워으로 딜꼬 갈 것이제, 여근 워쩌자고 딜꼬 온 겨."

기한은 머릿속이 하얘져 아무 말도 할 수 없었다. 할아버지는 신중하면서도 빠른 손놀림으로 마리의 머리와 팔다리에 침을 놓았다.

"워디서 온 겨?"

"서울이요."

기한은 기어 들어가는 목소리로 겨우 대답을 했다.

"서울이야?"

할아버지가 기가 막힌 표정으로 기한을 보았다.

"썩을 넘, 줄행랑이라도 쳤능갑네."

그 말뿐이었다. 할아버지는 더 이상 아무것도 묻지 않았다. 다행이었다.

"얘 괜찮을까요?"

기한이 조심스럽게 입을 열었다.

"지정신으로 서울꺼정은 가게 해 줄 것인께……. 그란디 나가 헐 수 있는 건 고것이 다여. 아그가 소찮이 아팠을 것인디. 짠혀서 으쩐다냐."

기한은 마리의 병이 심상치 않다는 걸 눈치챘다.

"얘가… 많이… 아파요?"

더듬거리는 기한의 말이 떨리고 있었다.

"썩을 넘, 아그가 으떤 병에 걸린 중도 몰르고 여꺼정 딜꼬 온겨?"

기한은 아무 대답도 하지 못했다.

"씰개 빠진 넘, 뽈세(벌써) 병이 몸속에 꽉 찼는디 암것도 몰랐단 말이여?"

할아버지는 한숨을 푹 내쉬더니 말을 이었다.

"을매나 살 수 있을랑가도 모르것다."

기한은 온몸에 힘이 쭉 빠지고 말았다. 마리가 죽을병에라도 걸렸

단 말인가? 손발이 떨리고 심장이 거칠게 뛰었다. 얼마나 살지 모르는 병, 버킷리스트, 땅끝. 조합이 되지 않는 퍼즐처럼 머릿속이 혼란스러웠다. 한 가지 분명한 건 가슴이 뻐근한 통증으로 먹먹해지고 있다는 것뿐이었다.

"거시기 사나흘언 여그서 약도 묵고 침도 맞고 혀야 쓰께, 느긋허니 있을 생각 혀고."

사나흘이라면 또다시 계획에 차질이 생기는 것이었다. 하지만 기한은 사나흘쯤 지체된다 해도 상관없었다. 지금은 죽는 것보다 마리를 살리는 것이 더 중요했다. 한 가지 걸리는 건, 마리 치료비는커녕 나머지 세 명의 한 끼 밥값도 없다는 사실이었다. 기한은 할아버지 눈치를 살피며 입을 열었다.

"저… 그런데 저희가 돈이 없어요."

"썩을 넘, 나가 거렁뱅이 똥구녕으서 콩나물 빼묵겠냐? 씨잘대기 읎는 소린 허덜 말어."

할아버지는 깔때기에 쑥을 다져 넣어 뜸장을 만들었다.

"그라도 시상엔 공짜배긴 읎는 벅잉게, 밥값은 혀야 써. 한창 힘쓸 나이들인디 힘 됐다 뭐하것냐."

할아버지가 마리에게 놓을 뜸에 불을 붙이며 말했다. 뜸장에서 피어오르는 하얀 연기에 방 안은 매캐한 쑥 향으로 가득 찼다. 기한은 슬그머니 방에서 나왔다. 더는 마리를 지켜볼 용기가 나지 않았다.

기한이 마루로 나오자 사인이 쪼르르 다기왔다.

“마리는 괜찮니?”

기한은 말없이 신발을 구겨 신고 마당으로 나섰다. 샤인이 기한의 팔을 붙잡았다.

“사람 겁나게 왜 말을 안 하니? 마리 괜찮냐니까?”

퍽이나 초조하고 걱정스러운 눈빛이었다.

“몰라.”

기한은 고개를 돌리고 말았다.

“모르다니? 할아버지가 뭐라고 하셨는데?”

답답한지 샤인은 기한을 놓아주지 않았다.

“괜찮아질 거래.”

기한은 차마 마리의 상태를 얘기할 수 없었다.

“어머, 다행이야. 내가 지은 죄도 있고 말이지. 간이 콩알만 해져서 미치는 줄 알았어. 휴, 십년감수다.”

샤인은 그제야 마음이 놓이는지 굳었던 얼굴을 풀었다. 마당엔 깡통의 모습이 보이지 않았다.

“깡통은 어디 있어?”

“저기.”

샤인이 대문을 손가락으로 가리켰다.

“할아버지가 헬멧 안 벗으면 들어오지 말라고 해서 대문 앞에 있어.”

깡통은 대문 앞에 쭈그리고 앉아 전파 장치 다이얼을 이리저리 조작하고 있었다. 기한은 한숨이 새어 나왔다. 이들과 땅끝 동행을 하기 시작하면서 깡통의 외계인에 대한 기이한 집착이나 샤인의 돌발 행동, 뜻밖의 커밍 아웃에 대해 간섭하지 않기로 했다. 그건 이들에게 깊이 다가가지 않겠다는 뜻이기도 했고, 생의 마지막 길에서 그들도 자신이 간절히 원하는 걸 할 권리가 있다고 생각해서였다.

그런데 이 순간 기한은 깡통에게 울컥 화가 치밀었다.

"당장 헬멧 벗어!"

깡통이 어리둥절한 얼굴로 기한을 올려다보았다.

"싫어."

깡통은 음울하지만 단호하게 말했다.

"이 돌대가리 새끼야! 벗으라고!"

"싫어."

깡통은 헬멧에 손을 올리고 고개를 저었다. 다음 순간 기한이 깡통에게 달려들었다. 기한과 깡통이 뒤엉켰다. 기한은 깡통의 배 위에 올라타 헬멧을 벗기려고 안간힘을 쓰고, 깡통은 헬멧을 부여잡고 발버둥 쳤다.

"세상에 외계인이 어딨어?"

"있어!"

점점 몸싸움이 거칠어지면서 기한이 깡통에게 주먹을 날렸다. 기한의 주먹질에도 깡통은 필사적으로 헬멧에서 손을 떼지 않았다.

"외계인이 너 같은 새끼한테 올 것 같아? 멍청한 새끼야!"

기한은 자기도 모를 분노에 휩싸여 깡통에게 발길질까지 했다. 깡통은 몸을 동그랗게 말고 기한의 발길질을 고스란히 받기만 했다.

"겁쟁이 자식! 덤벼! 덤벼 보라고!"

기한이 깡통에게 소리쳤다. 깡통은 방어 자세로 바닥에 누워 꼼짝도 하지 않았다. 기한은 깡통과 시원하게 한판 붙고 싶었다. 이 아이들과 동행하면서 자신도 모르게 울컥 치밀어 오르는 분을 주체할 수 없었다. 그 감정이 자신에게 향한 것인지, 세상을 향한 것인지는 알 수 없었다.

"병신 새끼, 그 덩치에 맞기만 하냐! 덤벼! 덤비라구! 겁쟁이 새꺄!"

기한이 깡통의 옆구리를 툭툭 차며 약을 올렸다.

"너, 왕따지? 그래서 학교 그만뒀지? 넌 이러니까 안 되는 거야. 애들은 밟기 쉬운 놈만 골라서 밟는다고 새꺄! 이렇게 밟혀도 덤비지 못하는 겁쟁이 새끼. 넌, 밟혀도 싼 새끼야!"

악다구니를 쓰고 돌아서는데 깡통이 기한의 팔을 잡았다. 고개를 돌리는 기한의 얼굴에 깡통의 주먹이 정통으로 날아왔다. 순간 눈앞이 아찔해진 기한은 그대로 나가떨어졌다. 깡통은 믿어지지 않는지 자신의 주먹을 내려다보며 어쩔 줄 몰라했다. 하늘이 노래지는 걸 보면서 기한이 깡통에게 중얼거렸다.

"그렇게 하는 거야, 새꺄……."

마리 때문에 사나흘은 머물러야 한다는 말에 깡통은 긴 고민 끝에 헬멧을 벗었다. 할아버지는 기한과 깡통, 샤인이 머물도록 문간방을 내주었다. 샤인은 마리랑 한방을 쓰는 게 더 편하다고 투덜거렸지만 그 의견은 누구에게도 받아들여지지 않았다.

아침을 먹으라는 할아버지의 호출에 셋은 안방으로 들어갔다.

"언능 앉아라잉. 아침 먹고 밥값덜 혀야 쏭께. 싸게 싸게 움직이드라고."

아침을 먹은 뒤, 할아버지는 각자에게 일을 나눠 주었다. 샤인은 일찌감치 식사 준비와 집 안 청소를 자청했고 기한은 땔감으로 장작을 준비하는 일과 할아버지를 도와 말린 한약재를 다듬고 써는 일을 맡았다. 농가에서는 일상적인 일이었지만 기한에겐 손이 설고 힘든 일이었다.

특히 외양간 청소와 소에게 여물을 주는 일을 맡은 깡통은 울상이 되었다. 처음에 깡통은 소에게 가까이 가는 일조차 곤혹스러워했다.

"야가 시방 송아치를 배야갖고 쪼까 까다락시러불 것이여. 뿔세 송아치가 나와야 쓰는디 초산이라 긍가 아측 기별이 읎네잉. 무시로 구다보고(들여다보고) 챙겨야 쓸 것이여."

할아버지 말대로 암소는 배가 불러 있었다. 깡통은 외양간에 소가 한 마리뿐이라는 걸 그나마 위안으로 삼았다.

오물이 섞인 짚을 걷어 내고 새 짚을 깔아 주기 위해 깡통이 조심스럽게 외양간에 들어갔다. 암소는 낯선 사람의 접근에 콧바람을 내쉬더니 불안스레 움직였다. 깡통은 암소에게 다가갈 엄두도 내지 못하고 외양간 구석에 붙어 꼼짝도 하지 않았다.

"썩을 넘, 인사도 읎이 넘으 집이 끼대 들어강께, 존 일 혀도 환영을 못 받는 것이여."

보다 못한 할아버지가 끼어들었다.

"말 못허는 짐승덜도 맴이 열려야 가찹아질 수 있능겨. 요로코롬 눈도 딜다보고, 이것으로다가 등때기럴 살살 빗겨 줌시롱. 짐승덜언 지헌티 맴을 여는 사람헌티는 해꼬지혀는 법이 읎웅께, 겁먹덜 말고. 알아듣것냐?"

할아버지는 암소의 등을 쓸어 주던 납작하고 네모난 돌을 깡통에게 건네주었다.

"뭐더냐? 고것으로다가 등때기럴 살살 빗겨 주랑께."

우물쭈물하던 깡통이 돌로 암소의 등을 쓸어 주기 시작했다. 처음엔 겁을 먹던 깡통도 암소가 수굿하게 등을 맡기자 마음을 놓았다.

가장 신 난 건 샤인이었다. 샤인이 차려 온 저녁상을 보고 모두가 눈이 휘둥그레졌다.

"썩을 넘, 마누래 가고 워디 구석댕이에 처박혀 있는 중도 몰르든 그릇덜인디, 어처코롬 찾아냈당가."

할아버지 말에 샤인이 헤헤거리며 웃었다. 반찬은 고작해야 김치와 계란말이, 두부 부침과 된장찌개가 전부였지만 그 모양새가 감탄을 자아내게 했다. 까만 김과 색색가지 야채가 어우러진 계란말이는 집어 먹기 미안스러울 만큼 접시 위에 모양을 내어 담겨 있었다. 맛도 제법이었다.

기한은 생전 처음 해 보는 장작 패기에 힘을 썼더니 숟가락을 든 팔이 천근만근 무겁게 느껴졌다. 요령이 없어 힘만 쓰고 정작 잘라 놓은 장작은 얼마 되지 않았다.

저녁나절 마리가 정신이 들어 일어났다. 힘이 없어 보이긴 했지만 얼굴색은 훨씬 좋아졌다. 침쟁이 할아버지가 용하긴 용한 모양이다.

"여기가 어디야?"

마리의 눈이 휘둥그레졌다.

"너 병원 가기 싫어한다고, 빈센트가 여기 침놓는 할아버지 집까지 업고 왔잖어."

샤인이 말했다.

"그, 뭐였더라? 아픈 건 괜찮아?"

깡통이 걱정 가득한 얼굴을 쑥 내밀었다.

"응. 푹 자고 일어난 기분이야, 니들이 보기에두 멀쩡해 보이지 않아?"

마리가 밝게 웃음 지었다. 깡통은 마음이 놓이는지 빙긋이 웃었다.

"그, 뭐였더라? 그럼, 우리 낼 떠나자."

헬멧도 뺏기고, 소 돌보는 일도 힘들었던 깡통이었다.

"멀쩡하긴 뭐가 멀쩡해!"

기한은 버럭 화를 내고 말았다. 마리와 깡통, 샤인이 어리둥절한 얼굴로 기한을 쳐다보았다.

"할아버지가 더 잘 알지 너희들이 뭘 알아!"

기한은 벌떡 일어나 방을 나와 버렸다. 마리에게 물어보고 따질 말도 많았지만 당분간은 참기로 했다. 이제 겨우 정신이 든 마리에게 차마 입이 떨어지지 않을 것 같았다.

할아버지 집에 머문 지도 벌써 삼 일째에 접어들었다. 마리는 할아버지가 다려 준 약까지 먹으며 눈에 띄게 좋아지고 있었다. 처음엔 먹은 걸 토하기도 했는데 어제부터는 헛구역질도 하지 않았다.

깡통은 그사이 암소와 많이 친해진 모습이었다. 아침과 저녁, 짚과 귀리를 섞은 여물을 가마솥에 끓이는 깡통의 얼굴엔 땀이 비 오듯 했지만 싫은 내색은커녕 표정엔 뿌듯한 기운이 맴돌았다. 깡통은 창고처럼 생긴 외양간에 아예 헬멧과 전파 장치를 걸어 놓고 지냈다. 암소의 등을 쓸어 주는 깡통의 손길도 많이 능숙해져 있었다. 종종 암소에게 중얼중얼 속삭이는 깡통의 모습은 마치 비밀을 털어놓는 사람처럼 진지해 보였다. 짬짬이 UFO에 전파를 보내는 일도 잊지 않았다.

샤인은 끼니때마다 새로운 요리를 상에 올리고 싶어 안달을 부렸다. 특별한 재료도 아닌 걸 가지고 그럴듯하게 음식을 차려 오는 걸 보면서 모두가 입이 쩍 벌어지곤 했다. 음식에 대한 사람들 반응에 샤인은 눈과 귀를 쫑긋 세웠다. 누구보다 샤인을 흥분하게 하는 사람은 단연 마리였다. 마리의 감탄과 칭찬은 식사 시간 내내 이어졌다. 나머지 사람들은 그런 마리와 샤인이 귀찮고 지겨워졌지만 대놓고 내색하지는 않았다. 샤인의 기를 꺾어, 은근히 기대되는 식사 시간을 망치고 싶지 않았기 때문이다.

기한이 작두로 한약재를 자르는 일을 도울 땐 어김없이 할아버지의 면박이 날아왔다.

"썩을 넘, 손끝 야문 거시 타고나는 것인 중 아냐? 정성으로다가 맴을 모으면 지절로 손끝이 야물어지는 것이여."

무료해하던 마리가 기한을 돕겠다고 끼어들었다. 할아버지는 아예 기한과 마리에게 일을 맡기고 마을 회관에 볼일이 있다며 나갔다.

"이거 이 정도 크기로 썰면 되는 거지?"

마리는 처음 해 보는 작두질에 신이 난 모양이다. 기한은 벼르고 담아 두었던 말을 꺼냈다.

"너한테 물어볼 게 있어."

"뭔데?"

마리는 작두질을 하며 건성으로 대답했다.

"너…… 정말 죽고 싶은 거 맞아? 진심으로 말해 봐."

마리가 손을 멈추고 기한을 바라보았다.

"말해 봐. 정말 진심으로 죽고 싶은 거냐고?"

기한이 다그쳤다. 잠시 말이 없던 마리가 조심스럽게 입을 열었다.

"어차피 난…… 얼마 살지 못해."

기한은 할아버지 말을 듣고도 아니길 바랐다. 마리의 입을 통해서 그 애기를 들으니 더 기가 막혔다.

"좋아, 그 애기부터 하자. 너 우릴 속인 거야? 얼마 남지 않은 시간, 하고 싶은 여행이나 실컷 하자 그런 거였어? 네 여행에 우릴 이용한 거냐구?"

기한이 따져 물었다.

"미안해. 내가 아픈 걸 속이려 했던 건 아니었어."

"우리가 죽겠다고 하니까 너한테 남은 시간 때워 주기 만만해 보이디?"

"아니야, 그런 거!"

마리가 정색을 하며 고개를 저었다.

"그럼, 뭔데? 넌 살고 싶은 애잖아? 우리랑 같이 죽을 생각 없는 애잖아?"

"그래. 네 말이 맞아. 나 죽기 싫어. 죽고 싶은 게 내 진심이 아니면 달라질 수 있어? 내가 죽기 싫다고 하면 안 죽을 수 있냐고?"

울음을 참는 듯 마리는 입술을 깨물었다. 그러곤 다시 말을 이었나.

"아니잖아. 이건 내가 할 수 있는 최선이야. 나도 너처럼 사느냐 죽느냐 선택할 수 있으면 좋겠어. 그럼, 난 절대로 자살 따윈 하지 않을 거야⋯⋯. 땅끝까지 가는 거, 내가 할 수 있는 유일한 선택이야. 난 어떻게 죽을 것이냐밖에 선택할 수 없는 아이라구."

마리는 벌떡 일어나 방을 나가 버렸다. 기한은 뭔가 큰 잘못을 저지른 사람처럼 무참한 기분이 들었다. 마리에 대한 의문은 풀렸지만 결코 후련한 기분은 들지 않았다. 가슴이 뻐근하고 아파 왔다. 그저 동정심이라고 하기엔 심장의 통증이 격하게 밀려왔다.

새벽녘, 기한은 소란스러운 소리에 잠을 깼다. 외양간에서 암소의 울음소리가 들려왔다. 곧 할아버지의 다급한 목소리가 이어졌다.

"어이! 뚱땡아이! 야들아!"

뭔가 급박한 일이 생긴 게 분명했다. 기한은 아이들을 흔들어 깨워 부리나케 밖으로 나갔다.

대충 신발을 꿰차고 외양간으로 달려가 보니 암소가 축 늘어진 채 바닥에 누워 있었다. 숨을 헐떡이는 모습으로 보아 암소의 상태는 심각해 보였다. 할아버지는 암소 옆에서 뭔가를 끌어당기고 있었다.

"뚱땡이 워딨냐. 싸게 오드라고."

잠결에 미적거리며 나오던 깡통은 눈이 휘둥그레져 할아버지 옆으로 달려갔다. 암소가 송아지를 낳고 있는 중이었다. 이미 새끼의 앞다리 두 개가 30센티 정도 나와 있었고 주둥이도 조금 나와 있었다.

"거그 한쪽 다리 잡고 힘껏 당겨라잉."

할아버지와 깡통은 송아지의 앞다리를 하나씩 잡고 끌어당기기 시작했다. 깡통은 이를 악물고 얼굴이 벌게지도록 힘을 주었다. 하지만 새끼는 쉽게 나오지 않았다.

심상치 않은 분만이었다. 암소는 대부분 서서 새끼를 낳는데 숨을 헐떡이며 누워 있는 자세부터 뭔가 잘못된 게 틀림없었다. 송아지는 혀가 입 밖으로 늘어져 살았는지 죽었는지 아무런 움직임이 없었다.

"거시기, 에미 소가 힘얼 쓰는디 맞춰 당겨야 혀."

다급한 상황에서도 할아버지는 침착해 보였다. 기한과 샤인, 마리는 생전 처음 보는 암소의 출산을 숨을 죽이고 지켜보았다. 얼굴에 땀을 비 오듯 쏟고 있는 깡통은 젖 먹던 힘까지 모두 쏟아붓고 있었다.

할아버지의 신호에 맞춰 다시 한 번 깡통이 힘을 주어 송아지의 다리를 당겼다. 하지만 소용이 없었다. 빨리 출산을 하지 않으면 암소도 송아지도 무사하지 못할 상황이었다. 한참 동안 줄다리기가 이어졌다. 깡통은 암소와 송아지를 살려야 한다는 생각뿐이었다. 태어나 이렇게 힘을 써 본 적이 없었다. 암소가 힘을 주는 순간에 맞춰 깡통은 뼈가 으스러지도록 힘을 주어 송아지의 다리를 잡아당겼다.

다음 순간 '쑤욱' 하고 송아지가 어미 배에서 나왔다. 지켜보던 기한과 마리, 샤인은 탄성을 질렀다.

그것도 잠시, 밖으로 나온 송아지는 축 늘어진 채 아무런 움직임도 없었다. 숨을 쉬는 것 같지도 않았다. 송아지는 죽은 것처럼 보였다. 깡통은 곧 울음이라도 터트릴 것처럼 울상이 되었다.

"뭐더냐? 송아치럴 저그 가로대다가 걸쳐야 쏭께, 모다 거들어라
잉."

할아버지와 깡통, 기한과 샤인까지 죽은 듯 축 늘어진 송아지를 들
어 올렸다. 생각보다 녀석은 무거웠다. 쇠 가로대 위에 송아지를 걸
쳤다. 그리고 모두가 긴장해서 송아지를 지켜보았다.

늘어져 미동도 없던 송아지는 잠시 뒤 콧바람을 몇 번 불어 내더니
눈을 멀뚱멀뚱 떴다. 지켜보던 깡통과 기한, 마리, 샤인은 일제히 안
도의 한숨을 내쉬었다. 송아지를 어미 소 옆에 옮겨 놓자 어미 소도
금세 기력을 되찾아 일어서더니 새끼를 핥기 시작했다.

어미 소가 한참을 핥아 주자 송아지는 꼬무작거리며 일어섰다. 어
미 소의 젖을 빠는 송아지의 모습은 앙증맞고 사랑스러웠다. 깡통은
마음이 홀린 얼굴로 벙긋이 송아지를 바라보았다. 그의 도움으로 세
상 밖에 나온 송아지였다. 샤인은 엄마 생각이 난나며 찔끔찔끔 눈물
을 훔쳤다.

할아버지와 깡통은 어미 소에게 먹일 쇠죽을 준비하느라 분주해졌
다. 콩가루까지 섞인 영양식이었다.

다시 잠자리에 누웠지만 모두 잠들지 못했다. 태어나 처음으로 보
는 출생의 장면이었다. 그건 말할 수 없이 경이로운 느낌이었다. 가
장 잠을 못 이루는 사람은 깡통이었다. 며칠 암소와 친해지고 함께
생활했던 깡통의 느낌은 남다를 수밖에 없었다.

그날 아침, 할아버지는 새벽녘에 어미 소의 난산이 얼마나 심각한 상황이었는지 이야기해 주었다.

어미 소는 초산인 데다가 출산 예정일도 열흘이나 넘겼다고 한다. 보통 소들은 예정일보다 열흘 정도 일찍 새끼를 낳는 데 비하면 이십 일이나 늦어진 출산이었다. 그러다 보니 송아지가 어미 소 배에서 몸집이 엄청 불어나 있었던 것이다. 엎친 데 덮친 격으로 송아지가 수놈이다 보니 몸집도 더 컸다는 것이다.

초산인 어미 소가 큰 송아지를 낳으려니 힘이 부쳐 서서 힘도 못 주고 그냥 주저앉아 이러지도 저러지도 못하던 상황이었다. 할아버지는 혼자였다면 어미 소와 송아지를 모두 잃을 뻔했다며 가슴을 쓸어내렸다.

"나가 너그들얼 거둔 것이 모다 하늘으 뜻인갑다. 너그덜도 식겁했을 것이여. 낼이먼 떠나야 헐 것잉께 오늘언 푹덜 쉬드라고. 나가 맛난 괴기도 사 올 것잉께."

푹 쉬라는 할아버지의 말에도 깡통은 하루 종일 외양간에서 나오지 않았다. 소똥을 치우고 다른 날보다 더 폭신하게 짚도 깔았다. 깡통은 갓 태어난 송아지를 들여다보느라고 하루 종일 전파 장치에 손도 대지 않았다. 여행을 나선 뒤로 깡통이 전파 장치에 매달리지 않은 건 처음 있는 일이었다.

할아버지는 마당에 장작을 피워 고기를 구웠다. 좋은 일이 생긴 뒤라, 바비큐 파티는 모두가 들뜨고 즐거워 보였다. 할아버지는 기한과 깡통, 샤인에게 막걸리도 한 잔씩 건네주었다.

기분이 좋아진 샤인은 자기가 좋아하는 걸 그룹 노래를 부르며 춤까지 췄다. 할아버지가 너털웃음을 웃으며 말했다.

"썩을 넘, 꼴값헌다. 그려, 꼴값혀라. 인생이 뭔중 아냐? 지가 타고난 꼴값을 다 떨고 가는 것이 인생이여. 은젠가는 그 꼴값을 허게 돼 있당께. 그걸 누가 말리것냐?"

샤인의 몸짓 하나하나가 간드러졌다. 모두가 배를 움켜잡고 웃었다. 웃으면서 기한은 우리가 이렇게 행복해도 되는 것인가 하는 생각이 들었다.

밤이 깊어 가고 있었지만 모두가 모닥불가에 모여 앉아 일어설 줄을 몰랐다. 막걸리 몇 잔을 걸친 할아버지는 기분이 좋아져서 옛날 이야기를 꺼냈다.

"나가 워쩌코롬 침쟁이가 되았는지 알고 잡다고 혔냐? ……나가 소싯적으는 주먹 소찬히 쓰는 무뢰배였는디 말이여. 동란이 끝나고 시절이 하수산허던 시절이었응께, 나가 스물을 갓 넘긴 나이였을 것이여. 시상 돌아가는 꼬락서니를 봐도 뭐시 옳고 뭐시 그른지 모르것고, 가족들언 뿔뿔히 흩어져 암것도 믿을 것이 읎는디, 나가 믿을 것이라고는 근방서 알아주던 주먹 하나가 전부였제. 나가 끼지 않은 싸움판이 읎을 정도였응께 말이여.

한번은 장터서 패싸움이 벌어졌는디. 오사럴, 재수가 읎을라고 그란는지 나가 걷어찬 흑단장(흑단으로 만든 장)에 옆으서 귀경하던 아

128

그가 깔려 죽어 뿌렸지 뭐시냐. 콩밥 먹음서 내 죄값 치르는 것이야 억울하지 않은디 그 어린것을 생각허면 천하에 쳐 죽일 놈인 것이여, 나가. 어린것도 어린것이지만 그 부모들 속은 오죽허것냐? 딱 죽고 잡은 생각뿐이었당께.

마음으 병이었든가 밥도 안 맥히고 시름시름 앓는디 내 목숨 구해 준 것이 침쟁이 영감이었제. 뿔갱이 짓을 혀서 감옥에 들어온 영감인 디, 사람 목숨 쥑인 것도 모자라 지 목숨 귀헌 줄 모르는 놈이라고 호 통을 치드라고. 워찌나 옴팡지게 호통을 치든가 가물가물허던 정신 이 번쩍 뜨이등마. 그 침쟁이 영감 덕에 꼼지락꼼지락 살아났당께. 그 영감 쫓아댕김서, 침술 배움서, 나도 사람 살려야 쓰것다 맴을 먹 은 것이여."

할아버지 얘기에 모두가 말이 없었다. 각자 자기 생각에 빠져 있는 듯했다. 기한은 할아버지 집에서 보낸 며칠이 실감 나지 않았다. 마 치 길을 잃어 전혀 다른 세계의 문을 열고 들어와 있는 기분이었다. 이 문을 나가면 기한과 아이들은 또다시 현실의 길로 들어서야 할 것 이다.

12

눈이 오려는지 하늘이 짙게 내려앉아 있었다. 할아버지 집을 나와 걷기 시작한 지 한 시간이 넘어가고 있었다. 모두가 말이 없었다. 길은 같은 길인데 할아버지 집에 들어가기 전의 길과 지금의 길은 그 느낌이 달랐다. 자기 안에 무언가가 조금씩 균열이 생긴 느낌이었다.

다시 헬멧을 쓰게 된 깡통도 신이 나 보이지 않았다. 어미 소에게 여물을 주느라 새벽부터 일어나 부산을 떨던 깡통이었다. 깡통은 아침 내내 외양간에 머물며 암소와 지난밤 자신이 분만시킨 송아지에게 오랜 이별을 했다.

마리는 그 와중에도 강을 따라 무성한 갈대와 물오리떼를 눈에 담느라 여념이 없었다. 샤인은 유독 불안해 보였다. 할아버지 집에서 나오는 순간부터 손톱을 물어뜯으며 안절부절못했다. 기한은 이 무거운 침묵에 숨이 막힐 지경이었다. 누군가 한마디라도 먼저 해 주었으면 했다.

샤인이 떨리는 목소리로 긴 침묵을 깼다.

"우리 땅끝까지 꼭 가야 하니?"

기한과 마리, 깡통의 시선이 일제히 샤인에게로 향했다. 샤인의 말뜻을 정확히 모르겠다는 표정들이었다.

"난 도저히 못 가겠어! 불안해서 심장이 터질 것 같아!"

샤인은 히스테릭하게 소리쳤다.

"그럼 어떻게 하고 싶은데?"

마리가 샤인에게 물었다.

"지금 당장 끝내고 싶어. 한 발 한 발 내딛을 때마다 온몸이 오그라드는 것 같아. 도저히 못 견디겠단 말이야! 어차피 죽을 거면 지금 죽자고!"

샤인이 울부짖었다.

"샤인……."

마리가 나직이 샤인의 이름을 부르는 순간, 샤인이 강 둔덕을 뛰어 내려갔다. 너무나 순식간에 벌어진 일이라 모두가 어리둥절했다. 샤인은 갈대를 헤치고 강으로 들어가고 있었다. 샤인이 지금 무엇을 하려는 것인지 분명해졌다.

"샤인!"

마리가 샤인을 소리쳐 불렀다. 강가엔 얇게 얼음이 얼어 있었다.

샤인은 얼음을 밟고 강 가운데로 거침없이 걸어 들어갔다. 모두가 강
둔덕을 뛰어 내려갔다.

"샤인!"

얼음이 푹 꺼지며 샤인이 차가운 강물 속으로 빠져들었다. 순간 샤
인의 모습이 사라졌다. 모두가 망연자실한 얼굴로 샤인이 사라진 강
을 바라보았다. 이런 것이 죽음인가? 이렇게 한순간에 사라지는 것
이? 모두가 오싹한 기분이 들었다.

"샤인!"

깡통이 소리쳐 샤인을 불렀다. 다음 순간 샤인이 다시 강 위로 떠오
르는 게 보였다.

"살려 줘!"

분명 샤인의 목소리였다. 물속에서 샤인은 필사적으로 살려 달라
고 소리치고 있었다. 기한과 마리가 어떻게 샤인을 구해야 하나 우왕
좌왕하는 사이, 깡통은 헬멧을 벗어 안테나를 떼어 버리더니 자신의
긴 목도리로 헬멧의 목줄에 단단히 맸다. 그러곤 샤인이 있는 강 위
로 던졌다.

"잡아! 샤인!"

헬멧은 마치 공처럼 물 위에 동동 떴다. 허우적거리는 샤인과 헬멧
의 거리는 30센티 정도에 불과했다.

"샤인! 헬멧 잡아!"

깡통이 애타게 소리쳤다. 다시 가라앉는 듯하던 샤인이 물 위로 떠

오르며 깡통의 헬멧을 끌어안았다. 깡통과 기한은 조심스럽게 목도리를 끌어당겼다.

강가에 닿은 샤인을 깡통과 기한이 끌어올렸다. 물을 토해 내는 샤인은 호흡이 불규칙했다. 정신을 잃지는 않았지만 몸을 가누지 못했다. 추위 때문에 오들오들 떠는 샤인의 입술이 파랗게 변해 있었다. 당장 샤인을 따뜻한 곳으로 옮겨야 했다. 깡통이 샤인을 업고 뛰기 시작했다.

깡통은 근처 눈에 띄는 집으로 무작정 뛰어 들어갔다. 강에 빠졌다는 말을 듣고 주인 할머니는 방을 내주었다. 우선 샤인의 젖은 옷부터 벗겨야 했다. 기한과 깡통이 샤인이 옷을 벗는 걸 도왔다. 겉옷을 벗기자 샤인은 그 안에 원피스를 입고 있었다. 핑크색 하트 무늬가 프린트된 그 원피스였다. 샤인의 긴 겉옷 때문에 속에 원피스를 입고 있었다는 걸 아무도 눈치채지 못했다. 깡통과 기한은 순간 당황해 어쩔 줄 몰랐다.

힘없이 기한과 깡통에게 몸을 맡기고 있던 샤인이 물끄러미 자신의 원피스를 내려다보았다. 샤인의 눈에 그렁그렁 눈물이 맺히고 있었다. 기한은 샤인이 어떤 마음으로 이 원피스를 입고 나왔는지 알 것 같았다.

샤인은 할머니가 내준 옷을 대충 입고 이불을 뒤집어썼다. 오한에 떠는 샤인의 몸이 불덩이처럼 뜨거웠다. 마리가 가져온 따뜻한 꿀물 한 잔을 마신 샤인은 그제야 정신이 좀 드는 듯했다. 고개를 푹 숙이고 있던 샤인의 눈에서 눈물이 흘러내렸다.

"나…… 살고 싶은가 봐."

"그래. 넌 멋지게 잘 살 수 있을 거야. 이렇게 죽기엔, 넌 너무 예뻐."

마리가 샤인을 다독였다. 샤인은 엉엉 소리 내어 울었다. 샤인의 마음을 바꿔 놓은 것은 무엇이었을까? 이 여정의 무엇인가가 살고 싶은 샤인의 마음을 건드린 게 틀림없었다. 아니, 어쩌면 샤인은 처음부터 살고 싶어서, 제대로 살고 싶어서 죽음을 선택했는지도 모른다. 자기답게 살고 싶은데 그러지 못하는 현실, 샤인은 그 현실에 몸을 던져 외치고 싶었던 건지도…… 난 나답게 살고 싶다고.

기한은 가슴이 답답해 강가로 나왔다. 갈대들이 바람에 쓸려 을씨년스러운 소리를 냈다. 어느새 곁에 깡통이 다가와 있었다. 깡통의 머리카락이 바람에 흩어지고 있었다. 기한은 문득 샤인이 뛰어들었던 강가를 바라보았지만 깡통의 헬멧은 보이지 않았다. 강물에 떠내려간 것이 틀림없었다.

"헬멧을 잃어버려서 어쩌냐?"

"그, 뭐였더라? 가볍네……. 내가 생각해도 이상한데, 홀가분해."

기한이 깡통에게 고개를 돌렸다. 강을 바라보고 있는 깡통의 얼굴은 담담해 보였다. 기한은 지금까지 느꼈던 것과 다른 것이 깡통에게서 느껴졌다.

"그, 뭐였더라? 세상에서 가장 무서운 게…… 사람 눈이었어. 나를 쳐다보는 눈빛……. 근데 덜 무서워해도 될 것 같아. 내가 숨거나 도망가지만 않으면.”

며칠 전, 외양간 구석에서 전파 장치를 만지작거리고 있는 깡통에게 기한이 물었던 게 생각이 났다. 왜 발신 장치만 있고 수신 장치는 없는 것이냐고. 대개 통신 기능은 발신과 수신을 모두 할 수 있어야 한다. 깡통도 처음엔 수신 장치가 있었다고 했다. 그런데 아마추어 무선통신을 하는 사람들이 불쑥불쑥 말을 걸어와 떼어 놓았다고 했다. 외계인과의 교신은 말이 필요 없기 때문에 자신의 위치만 알리는 것으로 족하다고 하면서.

수신을 거부한 발신 장치. 기한은 깡통이 왜 그렇게 UFO와의 교신에 집착했는지 이제야 알 것 같았다.

돌아와 보니 샤인의 상태는 더 나빠져 있었다. 열도 심하고 호흡도 가쁜 듯했다.

“아무래도 병원에 가야 할 것 같아. 어차피 돌아가야 하니까, 부모님께도 연락하고.”

마리가 기한과 깡통에게 말했다.

“그래. 119라도 부르자.”

기한도 동의했다. 잠든 샤인을 물끄러미 바라보던 깡통이 입을 열었다.

“그, 뭐였더라? ……나도 같이 갈래.”

마리와 기한이 깡통을 바라보았다.

"그, 뭐였더라? ……한번 해 보려고."

마리는 눈가가 젖어 들며 활짝 웃었다.

"너희들 너무하는 거 아냐? 결국 나만 혼자 남을지 모르겠네."

"그, 뭐였더라? 같이 돌아가자. 그럼 내가 덜 미안할 거야."

"미안해할 것 없어, 깡통. 어차피 길이 다른걸. 난 네가 돌아가기로 했다는 게 기뻐."

마리는 진심으로 깡통의 결정을 기뻐해 주었다. 기한은 아무 말도 할 수 없었다. 마리만큼 진심으로 기뻐해 줄 수도 없었다. 다시 돌아 간 깡통에게 현실이 만만하게 길을 열어 줄 것인지 의문이 들었기 때 문이다. 다만 헬멧을 벗고 가벼워했던 깡통이 조금은 달라 보인 것만 은 확실했다.

구급차에 실려 떠나는 샤인과 깡통을 배웅하고 마리와 기한은 다 시 땅끝으로 가는 길에 올랐다. 샤인과 깡통의 빈자리는 생각보다 컸 다. 귀찮고 번거롭기만 한 줄 알았는데 며칠 동안 많이 익숙해져 있 었던 모양이다.

"넌 어때?"

말없이 걷던 마리가 뜬금없이 기한에게 물었다.

"뭐가?"

"돌아가고 싶지 않아?"

기한은 말없이 고개를 흔들었다.

"계속 죽고 싶은 생각뿐이야?"

마리는 기한에게 무엇인가 확인하고 싶은 모양이었다.

"죽고 싶다는 생각만 드는 건 아닌데…… 살고 싶은 생각도 안 들어."

죽음에 대한 기한의 느낌은 단순하지 않았다. 여러 갈피들이 때때로 기한을 흔들어 놓았다. 무섭기도 하고, 억울하기도 하고, 홀가분하기도 하고, 번거롭기도 했다.

"넌 학교에서 어떤 아이야?"

마리가 또 물어 왔다.

"그저 그런 애. 있거나 말거나 아무도 상관하지 않는 애."

"바보."

마리가 나직이 내뱉었다. 기한이 무슨 뜻이냐는 듯 마리를 쳐다봤다.

"아마도 네 생각일 거야. 아무도 그렇게 생각하지 않는데, 네가 그러고 싶은 거잖아?"

"그럴지도."

"너 참 괜찮은 아이인데…… 바보같이 넌 왜 그걸 모를까?"

마리는 혼잣말처럼 말하고 앞서 나갔다. 기한은 마리의 뒷모습이 작지만 단단하게 느껴졌다.

길을 잘못 들어서고 말았다. 아무리 걸어도 민가는 보이지 않고 길은 산허리를 에돌기만 했다. 짧은 겨울 해는 금방 기울어 주위는 어둠에 잠겼다. 그나마 달빛이 밝아 가까스로 길을 더듬어 갈 수 있었다. 옷깃을 여미어도 바람은 시리게 파고들었다. 기한은 마음이 조급해져 허둥거리는 자신을 꾹 눌렀다. 기한의 옷깃을 꼭 잡고 따라오는 마리를 불안하게 하고 싶지 않았다.

"저 아래 집이 있어!"

마리가 소리쳤다. 정말 어슴푸레 집 그림자가 보였다.

가까이 다가가 보니 오래된 폐가였다. 마루는 여기저기 이가 빠져 있고, 경첩 하나가 떨어져 나간 방문은 삐딱하게 걸쳐 있었다. 금방 귀신이라도 튀어나올 것처럼 을씨년스러웠다. 실망스럽긴 하지만 그런대로 바람은 피할 수 있을 것 같아 다행이었다.

하룻밤을 쉬어 가기 위해선 할 일이 많았다. 기한은 집 뒤 창고에서 바람막이로 쳐 놓았던 거적을 떼어 내어 방 한쪽에 깔았다. 돌을 모아 방 한가운데에 화로대도 만들었다. 집 밖에 널려 있는 잡목들과 집 안 여기저기서 땔감으로 쓸 만한 것들을 모았다. 때마침 침쟁이 할아버지 집에서 챙겨 온 라이터가 주머니에 있었다.

방 안에서 불을 피우는 건 쉽지 않았다. 연기 때문에 마리와 기한은 몇 번이나 밖으로 튀어 나갔다. 제법 불이 붙은 뒤에야 연기도 한결 덜해졌다. 연기 때문에 창문은 열어 놓아야 했지만 밖에서 떠는 것보단 훨씬 아늑했다.

마리가 가방에서 고구마를 꺼내더니 불 한쪽에 묻었다.

"이런 건 언제 챙겨 온 거야?"

기한은 한창 허기가 진 상태라 꽤나 반가웠다.

"혹시나 싶어서 할아버지한테 얻어 왔지."

마리도 무척 만족스러운 얼굴이었다.

기한과 마리는 손이며 얼굴에 검정을 묻혀 가며 게걸스럽게 고구마를 먹었다. 기한은 태어나 이렇게 맛있는 고구마는 처음 먹어 보는 것 같았다. 마리가 기한을 보고 깔깔거리며 웃음을 터트렸다. 기한은 무슨 영문인지 몰라 마리를 쳐다보았다.

"네 얼굴, 너무 웃겨."

기한은 피식 웃음이 새어 나왔다. 마리도 웃을 처지가 아니었다.

"넌 어떻고?"

기한이 놀리듯 말했다. 마리는 얼굴의 숯검정을 닦는답시고 문질렀다가 오히려 얼굴이 더 엉망이 되고 말았다. 그 모습이 기가 막혀 기한도 웃음이 터져 나왔다.

"너 웃는 얼굴 보기 좋아."

마리가 느긋해진 표정으로 기한을 바라보았다. 기한은 쑥스러운 기분이 들어 웃음을 뚝 그쳤다.

"웃을 때 표정을 보면 진짜 그 사람이 보여."

"뭔 소리야?"

기한은 자기도 모르게 방어 자세를 취했다. 누군가 말랑말랑하게 다가오는 게 불편했다.

"넌 참 천진한 웃음을 가졌다고."

기한은 마리의 말이 나쁘지 않았다. 아니, 오히려 기분이 좋았다. 다른 누군가가 똑같은 말을 했다면 아마도 날을 세웠을 것이다. '네가 나에 대해 뭘 알아?' 하고 말이다.

"네 닉네임 왜 빈센트야?"

마리가 나뭇가지로 불을 깔짝거리며 물었다.

"그냥."

"그냥? 그냥은 아닌 거 같은데. 고흐의 이름이잖아, 빈센트."

마리가 집요하게 물어 왔다.

"그냥. 우연히 고흐의 그림을 봤는데 그냥…… 울컥하는 느낌이 들더라고."

기한은 술술 이야기를 꺼내고 있는 자신이 이상했다. 어쩌면 마리라는 아이가 기한의 마음속에 무언가를 끌어내고 있는 것인지 몰랐다.

"어떤 그림이었는데?"

"까마귀가 나는 밀밭. 검푸른 하늘에 노란 밀밭 사이로 세 갈래의 길이 있어. 사람은 없고 까마귀 떼만 하늘을 뒤덮고 있는 그림. 내가 꼭 그 풍경 앞에 서 있는 기분이더라고. 그림 위에 뻗은 세 갈래 길이 모두 막막해 보이기만 하더라. 어느 길이든 발을 디뎌 놓아야 하는데 무서운 거야. 저 앞에 떼로 모여 있는 까마귀들이 무섭더라고. 고흐도 이 풍경 앞에서 나 같은 기분이었을까 하는 생각이 들었어. 그때부터였을 거야. 고흐가 좋아지고 빈센트가 내 닉네임 된 건."

불꽃을 바라보며 기한의 이야기를 듣고 있던 마리가 고개를 들어 기한을 보았다.

"그 그림 고흐가 자살하는 날 완성했던 그림이라는 거 알아?"

"……몰랐어."

기한은 순간 소름이 돋는 기분이었다. 자신이 그날 그 그림에서 본 건 무엇이었을까? 죽음을 향해 가는 길에 그 말을 들으니 우연이라 기보다는 마치 운명 같은 것이었나 하는 느낌마저 들었다.

"그 얘기 해 줄까? 고흐가 자살하던 날 얘기."

"넌 고흐에 대해 어떻게 그렇게 잘 알아?"

"병원에서 혼자 뭐 하겠어? 책 보고 인터넷 검색하고. 고흐는 나도 좋아하는 화가거든. 얘기해 줄까?"

"그래. 듣고 싶어."

기한은 고흐와 자신의 운명이 어떻게 맞닿아 있는지 알고 싶었다.

"까마귀가 나는 밀밭을 완성하고, 고흐는 하숙집 주인한테 까마귀 를 쫓는다고 권총을 빌렸대. 그 길로 밀밭 앞으로 간 고흐는 까마귀 대신 자기 가슴을 쏜 거야."

기한은 밀밭 사이로 난 세 갈래 길 앞에서 스스로 죽음을 택한 고흐 의 외로움을 알 것 같았다.

"그런데, 고흐는 자살한 게 아니었어."

"그거 또 무슨 소리야? 자기 가슴에 총을 쐈다며."

"응. 그러긴 했지. 근데, 총에 맞은 고흐는 죽길 원하지 않았어. 그 몸을 끌고 기어코 하숙집까지 갔으니까. 하숙집 주인에게 고흐가 한 첫말은 이랬어. 자살을 하려고 했는데 실패했습니다. 이상하지 않아?"

"뭐가?"

"그의 손엔 그때까지 권총이 들려 있었어. 총에 맞은 가슴 통증이 심했을 거야. 그런데 고흐는 두 번째 방아쇠를 당기지 않았어."

"……."

"고흐의 자살은 실패한 게 아니었어. 원하지 않았던 거지. 자신이 살고 싶어 한다는 걸 너무 늦게 깨달은 거야, 고흐는. 하지만 출혈 때문에 그 위대한 천재는 아쉽게도 죽고 말았어."

기한은 순간 동요하고 있는 자신을 발견했다. 지금의 현실에서 벗어나기 위해 죽음을 선택했는데 죽음의 순간 그것이 아니었다고 깨닫게 된다면…… 돌이킬 방법은 없었다. 어쩌면 자신이 가장 두려워하는 것이 그것인지 모른다는 생각이 들었다.

"넌? 넌 왜 서머 스노우맨인데?"

기한은 궁금했다기보다는 어서 이 혼란에서 벗어나고 싶었다. 그 두 가지 길에 대한 저울질은 늘 갈등과 혼돈만 일으켰다.

"여름 눈사람이 되고 싶어서."

"그런 게 왜 되고 싶은데?"

"나 뇌종양이래. 그것도 말기."

마리는 그 말을 하면서 살짝 웃기까지 했다. 그런 말을 하면서 어떻게 웃을 수가 있는지 기한은 이해할 수 없었다.

"수술하고 항암 치료 받느라 너무 힘들었어. 그래도 나 다시 건강해질 수 있다는 희망으로 견뎠어. 넌 모를 거야…… 전처럼 학교 다니고, 친구들하고 놀러 다닐 수 있는 희망이 나한테 얼마나 큰 힘이 었는지……. 근데 끝이 보이지 않는 거야. 혹 하나를 떼어 내면 또 하나가 생기고, 또 떼어 내면 작은 게 커지고……. 예전으로 돌아갈 수 없다는 걸 알게 됐을 땐 정말 맥이 빠지더라.

또 수술을 받아야 한대. 이번이 세 번째야. 의사 선생님이 엄마 아빠한테 하는 얘길 우연히 들었는데 가능성은 반반이래. 완전히 나을 수 있는 가능성이 아니고 더 나빠지지 않을 가능성 말이야. 엄마 아빠 그걸 포기할 수 없다는데…… 난 지쳤어. 수술하고 치료만 받다가 죽고 싶지 않거든……. 엄마 아빠는 내 병 때문에 이미 집도 팔았어. 어차피 죽을 나한테 더 이상 돈 쓰게 하고 싶지도 않고.

수술과 항암 치료 뒤에 찾아오는 진통, 구토, 발작…… 그런 것들이 너무 고통스러울 때마다 간절히 빌었어. 한순간에 증발할 수 있게 해 달라고. 아무런 고통 없이, 깨끗이. 여름 눈사람처럼 말이야."

기한은 마리의 고통과 아픔이 상상이 되지 않았다.

"우리가 죽으면 어떻게 될까? ……넌 영혼이 있다고 믿니?"

마리가 생각에 잠긴 얼굴로 물었다.

"죽으면 모든 게 끝이라고 생각해, 난."

기한이 딱 잘라 말했다.

"사람이 죽으면 몸무게가 이십일 그램 줄어든대. 어떤 사람은 그 이십일 그램을 영혼의 무게라고 한대나 봐. 그런 과학적 증명이 아니어도, 난 영혼이 있다고 믿어……. 죽은 뒤, 나의 영혼은 어떤 모습으로 떠돌까? 내 몸을 떠난 영혼은 또 다른 나겠지? ……난 말이지, 내 영혼인 채로 다시 태어나고 싶어. 아주 건강한 몸으로."

마리에게 죽음은 오래된 친구처럼 익숙한 화제라는 생각이 들었다. 수년간 생사의 갈림길을 오갔을 마리였다. 기한은 문득 스스로에게 물어보았다.

'내게도 영혼이 있다면 죽음 뒤에 나를 어떻게 생각할까?'

하얀 마리 얼굴이 일렁이는 불꽃에 붉게 물들었다. 마리는 턱을 무릎에 고이고 불꽃을 바라보고 있다. 기한은 문득 그런 마리 얼굴이 참 예쁘다고 느꼈다.

　진저리 치는 추위 때문에 눈을 떴다. 마리는 웅숭그린 채 자고 있었다. 기한은 점퍼를 벗어 마리의 어깨 위에 덮어 주었다. 꺼져 가는 모닥불에 서둘러 잔가지도 얹었다. 오늘 안엔 땅끝에 닿을 것이다. 아침이 밝을 때마다 또 오늘이 그날이구나 하는 생각에 기한의 마음은 초조하고 불안해졌다.

　기한과 마리는 짐을 챙겨 밖으로 나왔다. 어젯밤 헤맸던 길을 되짚어 길을 찾아가려면 서둘러야 했다.

　“어머! 눈이야!”

　함박눈이었다. 이미 밤새 쌓인 눈으로 길이 사라졌다. 기한은 이 눈길을 뚫고 어떻게 땅끝까지 걸어가나 걱정부터 앞섰다. 마리는 기한의 걱정 따윈 아랑곳하지 않고 생전 처음 눈을 맞아 보는 아이처럼 신이 나서 마당을 뛰어다녔다. 기한은 어이없는 얼굴로 마리를 바라보았다.

순간 마리가 던진 눈뭉치가 기한의 얼굴에 정통으로 날아왔다.

"억울하면 덤벼 봐."

마리가 깔깔거리며 다시 눈뭉치를 뭉쳤다. 기한은 피식 웃음이 새어 나왔다. 슬슬 몸이 움찔거렸다. '그래, 대응해 주마. 여자라고 안 봐준다.' 기한도 눈을 뭉쳐 마리에게 날렸다.

마당을 이리 뛰고 저리 뛰며 격렬한 눈싸움은 한참 계속됐다. 한바탕 눈으로 분탕질을 하고 나니 기한은 속이 뻥 뚫리는 기분이었다. 숨을 고르는데 저절로 웃음이 나왔다. 이상한 느낌이었다. 죽으러 가는 길인데 이렇게 웃어도 되는 것인지, 이렇게 살아 있다는 느낌을 만끽해도 되는 것인지……. 기한은 이 순간 시간이 멈춰 버렸으면 하는 생각이 들었다. 과거도 미래도 없는 이 순간만 남는다면 살아낼 수도 있지 않을까. 하지만 그건 불가능한 일이라는 걸 기한은 잘 알고 있었다. 눈발은 잦아들 기미 없이 흩날렸다.

한참 길을 되짚어가다 보니 큰길이 나왔다. 눈길이라 걸음은 더디기만 했다.

운이 좋게도 큰길을 따라가다가 미니 관광버스 한 대를 얻어 탔다. 땅끝까지 가는 버스란다. 가는 길마다 꼬이는 일뿐이더니 이런 행운도 있었다. 기한과 마리는 버스 맨 뒷자리에 앉았다.

"이놈의 눈 징그럽게도 내리네."

앞자리에 앉은 아저씨가 투덜거렸다.

"그러게요. 보긴 좋은데 여행길이 궂으니까 심란하네요."

옆자리 아주머니가 말을 더했다.

눈은 그칠 줄 모르고 내렸다. 눈길 때문에 버스는 달린다고 하기에 민망하리만큼 속도를 내지 못했다. 길이 좋으면 40분이면 땅끝에 닿을 거리라고 했다. 눈 때문에 몇 시간은 족히 걸릴 것이다. 기한과 마리는 그렇게 조금씩 땅끝 가까이 다가가고 있었다.

힘들었는지 마리는 곤하게 잠이 들었다. 마리 몸으로 여기까지 온 게 용했다. 따뜻한 히터 바람 때문인지 기한은 노곤하게 졸음이 몰려왔다. 버스의 느린 속도가 오히려 기한의 마음을 편안하게 했다. 죽음이 두렵진 않았다. 살아 있다는 걸 조금이라도 더 느끼고 싶어 하는 마리에게 시간을 더 주고 싶었다.

"쿵!"

앞좌석에 머리를 들이받으며 화들짝 잠에서 깨어났다. 마리한텐 충격이 심했던지 코피를 흘렸다. 버스에 탄 사람들이 떠들썩했다. 버스가 눈길에 미끄러지는 바람에 앞바퀴 하나가 길가 시멘트 도랑에 빠졌단다.

사람들이 하나둘 버스에서 내리기 시작했다. 마리의 코피를 수습하느라 기한은 뒤늦게 버스에서 내렸다. 운전기사는 어딘가로 열심히 전화를 하고 있었다. 도랑에서 버스를 끌어내기 전엔 다시 운행을 하긴 어려워 보였다. 통화를 끝낸 운전기사의 표정이 잔뜩 일그러져 있었다.

"눈길 때문에 도로가 장난이 아니랍니다. 구조 차량을 보내긴 하는데 언제 도착할지 장담할 수 없대요."

운전기사가 설명을 마치자 사람들이 웅성거렸다.

"여기서 땅끝까진 얼마나 더 가야 돼요?"

한 아주머니가 운전기사에게 물었다.

"한 십 킬로미터 정도요. 길이 나빠서 한 두어 시간은 걸어가야 할 걸요."

사람들은 다시 웅성거리기 시작했다.

"가자."

기한이 마리를 잡아끌었다. 어차피 걷기로 작정한 길이었다. 언제 올지 모르는 구조차를 기다리느니, 두 시간 정도라면 못 걸을 것도 없었다.

눈발은 그쳤는데 바람은 더 매서워졌다. 혹시 지나가는 차를 또 얻어 탈 수 있을까 기대했지만 차는커녕 사람 그림자도 보이지 않았다. 얼굴까지 감싼 목도리와 푹 눌러쓴 모자 사이로 잔뜩 힘이 들어간 마리의 눈이 보였다. 힘든 걸 겨우 참고 있는 게 느껴졌다. 기한은 기다렸다가 그 버스를 타고 갈 걸 그랬나 하는 후회가 들었다. 땅끝, 참 멀고도 먼 길이었다.

설상가상으로 마리가 눈길에 미끄러져 발목을 접질리고 말았다.

기한이 겨우 일으켜 세우긴 했는데 걷는 건 무리였다. 끝이 보이지 않는 하얀 눈길을 바라보니 기한은 한숨부터 나왔다.

"자, 업혀."

기한은 마리에게 등을 대고 몸을 낮췄다. 마리는 선뜻 기한에게 업히지 못했다.

"지금 나 벌세우냐? 빨리 업혀."

망설이던 마리는 어쩔 수 없다고 생각했는지 천천히 기한의 등에 업혔다.

"너도 힘들 텐데, 미안해."

마리가 수줍게 말했다.

"그러게. 널 만나지 말았어야 했는데."

마리가 피식 웃는 게 느껴졌다.

"네 등 참 따뜻해."

마리가 기한의 귀에 속삭이듯 말했다. 순간 마리의 입김이 기한의 귓불을 감싸고 돌았다. 심장이 세차게 뛰더니 기한은 얼굴까지 화끈거렸다. 가슴이 울렁이고 온몸이 저릿해졌다. 기습적으로 밀려온 감정의 동요에 기한은 당혹스러웠다. 나뭇가지마다 쌓인 눈이 바람에 하얗게 흩어져 내렸다.

기한은 힘들지 않은 척 안간힘을 써 보았지만 팔이 저리고 다리가 휘청거리는 걸 감출 수가 없었다. 처음엔 가뿐한 느낌이었는데 시간이 지날수록 마리의 몸이 무겁게 기한을 내리누르는 듯했다.

"내려서 좀 걸어 볼까?"

마리도 그걸 느꼈는지 미안해하는 기색이다.

"됐어. 조금만 더 가면 될 것 같은데 뭐."

호기롭게 말해 놓고 기한은 금방 후회가 됐다. 기꺼이 고생을 자처하는 자신이 우스꽝스럽다고 느끼며 기한은 다시 마리를 추슬러 업었다.

"고마워."

"뭐가?"

"함께 와 줘서."

기한은 아무 말도 하지 않았다. 고마워해야 할 사람은 자신이었다. 마리가 아니었으면 기한은 이곳까지 오지 못했을 것이다.

"넌 죽기 전에 꼭 하고 싶은 게 뭐야?"

마리가 물었다. 기한은 마리의 버킷리스트가 떠올랐다.

"그런 거 없어, 난."

"생각해 봐. 지금 이 순간에 꼭 하고 싶은 거."

글쎄……. 기한은 아무것도 떠오르는 게 없었다.

"우리 일출 보지 않을래?"

"일출?"

"응. 땅끝에 서서 해가 떠오르는 걸 보고 싶었어."

기한은 고개를 끄덕였다. 또 하루가 지체되겠지만 급할 것 없었다. 일출을 본 뒤, 그곳에서 마리와 자신이 무엇을 해야 할지 잘 알고 있었다.

　땅끝마을은 작은 부둣가 마을처럼 보였다. 횟집이며 식당들이 줄지어 있고 민박이라고 써 붙인 간판들이 여기저기 눈에 띄었다. 뜬금없이 커다란 한반도 모형이 세워져 있는 것 외에 특징도 운치도 없는 마을이었다. 이미 어두워진 하늘과 시커먼 바다 그리고 거세진 바람 때문인지 을씨년스럽기까지 했다. 기한은 막연히 머릿속에 그렸던 땅끝마을과는 사뭇 다른 모습에 김새는 기분이었다. 드디어 땅끝에 왔다는 안도감보다 초조함과 불안함이 또다시 몰려왔다.

　할아버지가 비상금으로 넣어 준 만 원짜리 한 장을 비장의 무기처럼 꺼냈다. 아침도 먹지 않고 걸어온 길이라 허기가 몰려왔다. 기한은 일단 식당을 찾아 들어가 언 몸을 녹이고 밥도 해결하기로 했다.

　주문을 한 해물된장찌개가 김을 피워 올리며 끓고 있었다. 배는 고픈데 입맛이 없었다. 마리도 겨우 몇 술을 뜨고는 숟가락을 내려놓았다.

　"많이 먹어 둬. 이게 마지막 식사야."

　기한이 마리에게 다시 숟가락을 쥐여 주었다. 기한도 껄끄러운 입속에 꾸역꾸역 밥을 떠 넘겼다.

　잠자리를 구하는 일이 무척 힘이 들었다. 돈을 받고 민박을 하는 집들이 대부분이라 빈방이 있어도 공짜로 내어 주는 건 대부분 꺼려했다. 기한과 마리는 밥을 먹었던 식당 아주머니에게 사정을 해서 겨우 쪽방 하나를 얻을 수 있었다.

이른 저녁이었지만 기한과 마리는 일찍 잠자리에 들었다. 둘이 멀찌감치 자리를 잡았는데도 기한은 마리의 숨소리 하나까지 신경이 쓰였다. 그동안 이런 적이 없었는데……. 기한은 잠을 이루지 못하고 뒤척였다. 마리는 힘들었던 모양인지 금세 잠이 들었다.

내일이면 이 긴 여행도 기한의 인생도 끝난다. 기한은 이미 땅끝까지 왔고, 더는 갈 곳이 없었다. 마리와 함께 이곳에 오는 동안 기한은 자신이 죽으러 가는 길이란 걸 종종 잊어버리기도 했다. 침쟁이 할아버지 집에서 지낸 닷새는 그동안 느껴 보지 못했던 일상이었다. 땅끝에 발을 디뎌 놓고서야 기한은 비로소 이곳이 자신의 마지막 장소라는 걸 실감했다.

이상한 느낌이 들어 돌아보니 마리가 발작을 일으키고 있었다. 기한은 벌떡 일어나 마리에게 다가갔다. 조심스럽게 마리를 옆으로 누이고 다리를 뻗어 등을 받혀 주었다. 손을 비틀며 경련을 하는 마리의 고통이 기한의 몸으로 고스란히 전해졌다. 제기랄…… 앞으로 고작 몇 시간 남았을 뿐인데, 마리 몸속의 병은 그녀를 가만히 놔주질 않았다.

기한은 마리의 비니 모자를 천천히 벗겨 주었다. 몇 갈래로 뻗은 굵은 수술 자국이 발갛게 달아올라 있었다. 기한은 마리의 머리를 가만히 쓰다듬었다. 조금만 참아라, 조금만. 마리의 이 아픔도 곧 끝날 것이다. 발작이 멈추고 마리는 기절한 듯 잠이 들었다. 내일 아침 마리는 깨어날 수 있을까? 기한은 걱정스레 마리를 들여다보았다.

답답함을 이기지 못해 방파제로 나왔다. 검게 잠긴 바다 저편에 떠 있는 배들이 하얀 불빛으로 반짝거렸다. 바람이 거칠게 기한의 몸을 휘어 감았다. 서울을 떠나기 전 그렇게 절박했던 기한의 죽음이 하찮은 엄살처럼 느껴졌다. 하지만 그것이 기한이 죽지 말아야 할 이유가 되진 않았다. 기한은 여전히 세상 속으로 들어갈 용기도 희망도 없었다.

잠깐 잠이 들었던 모양이다. 마리가 깨우는 소리에 기한은 눈을 떴다.

"일출을 보려면 지금 나가야 할 거 같은데."

기한은 벌떡 일어나 앉았다. 마리는 어제보다 더 해쓱해 보였지만 걱정할 만큼은 아니었다.

밖으로 나오자, 수평선 너머 하늘이 희뿌옇게 어둠을 걷어 내고 있었다. 마리는 혼자 걸어 보겠다고 고집을 피웠다.

"업히기 싫어."

"그 다리로 땅끝탑까지 걷는 건 무리야."

"마지막까지 짐이 되긴 싫어."

"니가 이러는 게 더 짐이 되는 걸 모르냐?"

기한이 화를 냈다. 마리 눈에 금세 눈물이 그렁해졌다. 시간이 얼마 남지 않아서인가, 마리 마음이 부쩍 약해진 것 같았다.

마리는 기어코 기한의 팔에 매달려 걸었다. 접질린 다리를 내딛을 때마다 가벼운 신음 소리를 냈다. 참 고집불통 아이다. 기한은 부루퉁한 기분으로 마리의 걸음에 맞춰 천천히 걸었다.

기한은 또다시 심장이 떨리고 불안해졌다. 스스로 선택한 길이었지만 죽음이 바로 앞에 있다는 건 초연해지지 않았다. 두려움과 초조, 곧 끝날 거라는 안도감이 뒤섞여 기한을 흔들어 놓았다. 기한은 마리가 함께 있어서 다행이라고 생각했다. 불안감을 떨쳐 버리고 싶어 기한이 입을 열었다.

"궁금한 게 있는데 네가 카페에 접어 올린 포커 말이야. 그거 종이 몇 장으로 접은 거냐?"

마리도 같은 기분이었는지 기한의 뜬금없는 물음을 반기는 눈치였다.

"너도 그게 궁금했구나? 사람들이 그걸 참 궁금해하더라. 넌 몇 장일 거 같아?"

"삼단 날개에 몸통까지. 적어도 네 장은 필요하지 않을까?"

"대체로 그럴걸? 근데 난 두 장으로 접었어."

"설마?"

"진짜야."

"대단하다!"

"근데 포커가 제대로 나는 걸 본 적이 없어."

마리는 꽤나 아쉬운 표정이다.

“원래 포커가 전투기 중에서도 비행 능력이 떨어진다잖아.”

기한이 위로랍시고 던진 말이다.

“그래서 그런가.”

마리가 웃었다. 마리가 웃으니까 기한도 조금 마음이 느긋해지는 기분이었다.

“네가 카페에 사진 올려놓은 건 못 본 거 같은데, 네 관심 분야는 뭐야?”

마리가 물었다.

“난 그냥 구경꾼.”

“그래도 관심이 있으니까 카페 멤버가 된 거잖아.”

“글쎄…… 아주 어렸을 때 꿈이 비행기 조종사였던 것 같아.”

“정말? 나도 비행기 조종사가 꿈인데!”

마리가 뛸 듯이 기뻐했다.

“지금은 그저 그래. 그런 꿈이 있었는지도 잊고 있었어.”

기한은 시큰둥하게 말했다.

“너 《어린 왕자》 읽어 봤지?”

마리가 물었다.

“응.”

“그 어린 왕자를 만난 사람이 비행기 조종사였잖아. 사막에 불시착해서. 생각나?”

“그랬던가, 여우나 장미는 생각나는데…….”

"조종사가 어린 왕자 이야기를 우리에게 들려주는 거였어. 난 그 책에서 조종사가 제일 부럽더라. 그 책을 쓴 작가는 실제로 비행기를 타고 정찰 나갔다가 영원히 돌아오지 않았대. 난 그 작가가 어딘가에 불시착해서 어린 왕자랑 얘기를 나누고 있거나, 아님 어린 왕자를 따라 다른 별에 갔을지 모른다고 생각했어."

"그래서 비행기 조종사가 되고 싶었던 거라고?"

"응."

역시 마리답게 꿈에 대한 동기 또한 터무니없이 감상적이다. 죽으러 가는 길에 꿈 얘기라니……. 어울리지 않을뿐더러 씁쓸한 기분이 들었다.

"안 되겠어. 업혀."

기한은 힘겹게 발을 내딛는 마리를 더는 봐줄 수가 없었다.

"왜? 잘 가고 있잖아."

"이게 잘 가고 있는 거냐? 이렇게 가다간 일출은커녕 해 넘어가겠어."

마리는 선뜻 기한의 등에 업히려 하지 않았다.

"너 참 말 안 듣는다. 하기야 말 안 듣는 애니까 나랑 이런 곳에 있는 거겠지."

마리는 마지못해 업혔다. 마리의 따뜻한 체온이 기한의 등을 타고 전해져 왔다. 기한은 자신이 마리를 업고 바다로 뛰어내릴 수 있을지 불안한 마음이 들었다.

산허리를 에둘러 잘 다듬어진 길 한쪽으로 바다가 내려다보였다. 바다는 수평선을 따라 먹빛 그림자를 빠르게 밀어내고 있었다. 일출을 보기 위해서는 서둘러야 했지만 마음이 무거워서인지 걸음은 더디기만 했다.

한참을 걷다 보니 땅끝탑으로 난 이정표가 눈에 들어왔다. 가파른 나무 계단이 길게 이어진 길이었다. 기한은 심호흡을 하고 마리를 추슬러 업었다.

이마에서 땀이 흘러내렸다. 몰아쉬는 숨마다 입김이 하얗게 흩어졌다. 모퉁이를 도니 삼각뿔의 거대한 탑이 눈앞에 나타났다. 배의 앞머리 모양을 본뜬 작은 전망대가 바다 쪽으로 나 있었다. 가까이 다가가 보니, '위험, 출입금지' 라는 푯말과 함께 띠가 쳐져 있다. 나무로 된 바닥의 일부가 깨져 있어 공사를 할 모양이었다. 이런 곳이 땅끝이라니! 조금 실망스러웠다. 기한은 땅끝을 깎아지른 절벽쯤으로 상상하고 있었다.

"저기 봐! 해가 뜨고 있어!"

길게 누운 섬 위로 자그마한 해가 삐죽이 머리를 내밀었다. 붉게 물든 하늘이 더 발갛게 달아올랐다. 해는 서두르지 않고 아주 천천히 떠올랐다.

"와! 굉장하다!"

마리가 등 뒤에서 황홀한 듯 소리쳤다. 기한도 할 말을 잃고 우두커니 서 있었다. 해는 이렇게 날마다 떠오르고 있었다. 기한은 그 하루하루가 의미 없고, 막막해서 이곳까지 왔는데, 해는 묵묵히 또 하루를 밀어 올리고 있다. 기한에게 죽음은 일생일대의 큰 사건이지만, 이런 장관 앞에 서고 보니 사는 것도 죽는 것도 하찮게 느껴졌다. 기한은 문득 이대로 죽어도 좋은가 하는 생각이 들었다.

"무슨 생각 해?"

마리가 물었다.

"아무 생각도."

기한은 거짓말을 했다.

"갈래?"

기한의 목소리가 떨려 나왔다.

"……응."

마리도 무척 긴장한 느낌이었다.

"시간이 더 필요하면 말해."

기한이 말했다.

"아니야. 여기 오는 동안으로 충분했어."

"그럼…… 간다."

기한은 출입을 통제하는 띠를 넘어 들어갔다. 바람이 몹시 불었다. 난간을 잡고 한 발짝 한 발짝 조심스럽게 앞으로 나아갔다. 뱃머리 모양의 끝에 올라서서 뛰어내리기만 하면 끝일 것이다.

"참! 빈센트, 네 이름은 뭐야?"

마리가 물었다.

"서기한."

기한은 지금껏 마리에게 이름조차 말하지 않았다는 걸 깨달았다. 문득 마리에 대해서도 아는 게 별로 없다는 생각이 들었다. 어떤 음악을 즐겨 듣는지, 영화는 액션을 좋아하는지 코미디를 좋아하는지, 형제는 어떻게 되고 어디서 사는지. 여정을 시작할 때는 서로에 대해 아는 것이 의미 없고 번거롭게 느껴졌는데, 굳이 이 시점에서 그런 것이 아쉬운 건 왜일까? 기한이 전망대 끝으로 한 발짝씩 다가설 때마다 마음은 지나온 시간들로 뒷걸음치고 있었다.

뱃머리 모양의 전망대 끝에 다다랐다. 아래를 내려다본 기한은 기가 막혀 입을 떡 벌리고 말았다. 둘이 서 있는 발밑은 엄청난 높이의 절벽도, 바다도 아니었다! 5미터쯤 아래에 평평하고 넓은 바위가 드러누워 있었다. 재수가 좋은 경우가 아니라면 떨어져도 죽긴 어려워 보였다.

"유마리, 어떻게 된 거야? 너 여기 죽으러 오자고 한 거 맞아? 봐! 여기서 뭘 할 수 있을지."

마리는 난간 밑을 내려다보고 잠시 당황해하는가 싶더니 곧 웃음을 터트렸다. 기한은 어처구니가 없어 목소리를 높였다.

"야! 너 지금 웃음이 나와!"

웃음을 그친 마리가 담담하게 말했다.

"다행이야."

"뭐가 또 다행이라는 거야?"

"나…… 지금 막 죽기 싫어졌거든."

기한은 온몸에 힘이 쭉 빠졌다.

"같이 가자."

마리가 말했다. 뭔가 뒤통수를 맞은 기분이어야 할 텐데 기한은 이상하게 마음이 차분해졌다.

"왜? 왜 내가 너랑 같이 가야 하는데?"

"우리 살자. 나, 너 혼자 두고 가진 못할 거 같아. 욕심이라는 거 아는데…… 살고 싶어. 나…… 네가 좋아졌어."

기한은 가슴이 철렁 내려앉는 것을 느꼈다. 심장이 정신없이 뛰었다. 자신의 이런 감정이 당황스러웠지만 부정할 수 없었다.

이젠 기한 자신도 판단이 서질 않았다. 자신이 죽고 싶은 것인지, 살고 싶은 것인지, 아님 이도 저도 아닌지. 한 가지 분명한 건, 살고 싶어 하는 마리를 저버릴 수 없다는 것뿐이었다.

버스 대기실로 사용되는 슈퍼 안에서 마리는 부모님에게 전화를 했다. 울먹거리는 마리를 오히려 부모님이 안심을 시키는 모양이었다. 전화를 끊고 마리가 기한 앞에 와 앉았다.

"너희 아빠도 함께 오신대."

마리의 말에 기한의 눈이 휘둥그레졌다.

"아빠가 어떻게 알고?"

"핸드폰에 저장된 메시지를 확인하셨대. 내가 병원을 도망쳐 나오기 전에 너한테 보낸 메시지 말이야. 너도 핸드폰 집에다 놓고 나왔다며. 부모님들끼리 우리 핸드폰으로 연락을 하셨나 봐."

기한은 머지않아 아빠 얼굴을 마주한다고 생각하니 가슴이 답답해졌다. 전과 똑같은 일상이 자신을 기다리고 있을 것이다. 지루하고, 갑갑하고, 번잡스러운 하루하루가. 게다가 약속을 지키지 않은 기한을 꼼짝 벼르고 있을 것이다. 다시 현실로 돌아가야 한다는 것이 기한은 무섭고 막막했다.

마리가 물끄러미 기한을 바라보고 있다.

"날 보러 와 줄 거지?"

기한이 고개를 끄덕였다. 마리가 빙긋이 웃었다.

"고마워."

"뭐가?"

"내 뜻대로 해 줘서. 네가 돌아가지 않겠다고 하면 어쩌나 걱정했었어."

"우린 한 배를 탄 거라며? 어찌 되겠지 뭐."

기한은 씁쓸하게 웃음 지었다. 다시 돌아갈 현실에서 달라진 게 있다면 마리가 함께 있다는 것이다. 그것만으로도 위로가 되는 기분이었다.

14

아빠는 그야말로 망연자실한 얼굴이었다. 멍한 시선으로 한참 동안 기한을 바라보기만 했다. 그동안 마음고생이 심했는지 얼굴이 많이 상해 있었다. 차라리 무어라 말이라도 하면, 정신 빠진 놈이라고 귀퉁배기라도 날린다면 기한의 마음이 한결 편해질 것 같았다. 아빠는 차 안에서도 간간히 긴 한숨만 내쉴 뿐 아무 말이 없었다. 하긴 아빠도 쉽지 않을 것이다. 제대로 된 대화를 나눠 본 적 없는 아들에게, 그것도 결코 평범하지 않은 상황을 만든 아들에게 어떤 얘기부터 꺼내야 할지 난감하기도 할 것이다.

기한은 아빠가 건네준 빵을 무의식적으로 뜯어 먹었다. 목이 메어 잘 넘어가지 않았지만 허기진 몸이 먹는 걸 멈추지 않았다. 기한은 의자에 기대어 눈을 감았다. 아빠의 침묵을 견디기가 힘들어 눈을 감았을 뿐인데, 눈을 떴을 땐 이미 밤이었고 서울에 도착해 있었다.

기한이 아빠와 함께 집에 들어섰을 때 수정이는 화실에 갔는지 보이지 않았고, 엄마는 방 안에서 나오지 않았다. 아빠가 들어가 한참을 설득하는 것 같았지만 엄마는 결국 기한의 얼굴조차 보려 하지 않았다. 기한은 엄마의 눈빛과 마주하지 않아도 된다는 것이 오히려 다행이다 싶었다. 엄마의 싸늘한 시선과 마주했다면, 기한은 또다시 형편없고 초라한 자신을 실감했을 것이다.

가슴이 답답해졌다. 얼결에 집으로 돌아오긴 했는데 기한은 공중에 뜬 사람처럼 제자리를 찾지 못했다. 기한을 둘러싸고 있는 것들은 아무것도 달라진 게 없었다. 그나마 좁은 입지조차 사라지고 없는 기분이었다.

모든 게 낯설고 어색했다. 예전처럼 하루하루를 꾸역꾸역 채워 갈 생각을 하면 끔찍하고 소름이 끼쳤다. 그렇다고 기한이 할 수 있는 게 있을 것 같지도 않았다. 살아 낸다는 게 아직 기한에겐 버겁고 귀찮았다.

다저녁에 외출한 아빠는 술에 취해 귀가했다. 아빠는 기한의 방문을 열고 들어왔다. 아빠가 기한의 방에 들어왔던 게 언제였던가? 기한은 어색하게 침대에서 일어나 앉았다. 술에 취한 아빠는 가만히 서 있는데도 몸이 앞뒤로 흔들렸다. 술기운 때문인지 기한을 바라보는 아빠의 표정이 흔들리고 있었다.

"미안하다."

아빠 눈이 붉게 젖어 들었다. 아빠가 왜 미안하다고 하는 것인지 기한은 알 수 없었다. 자신의 손을 잡아 달라고 간절히 바라던 기한을 기어코 못 본 척했던 아빠였다. 그것에 대해 새삼스레 미안해할 건 없었다. 아빠는 가족 모두에게 그런 태도였고, 기한에게 아빠는 이미 아무것도 아닌 존재가 되어 버렸으니까.

"미안하다."

아빠는 밑도 끝도 없이 미안하다는 말만 반복했다. 침대 시트 자락만 만지작거리던 기한이 그 말을 밀어냈다.

"뭐가요? 뭐가 미안한데요?"

"미안해. 내 잘못이야……. 내가 지은 죄 때문에…… 미안하다."

아빠의 말은 두서가 없었다. 기한은 이런 상황에서도 자기 연민에 빠져 있는 아빠가 싫었다. 아빠는 늘 자기 자신만 바라보는 사람이었다. 기한이 아프다고 해도 아빠는 자기의 아픔에만 정신이 팔려 기한을 바라봐 주지 않았다. 아빠의 아픔이 무엇인지 기한은 알지 못했다. 아니, 그런 게 있기나 한지 알 수 없었다. 아빠는 늘 기한에게 쓸쓸한 뒷모습만 보이는 사람이었으니까.

아빠는 그렇게 미안하다는 말만 남기고 기한의 방을 나갔다. 축 처진 아빠의 어깨가 오늘따라 유난히 작아 보였다.

혼자 남은 기한은 문득 마리가 궁금했다. 마리는 지금 뭘 하고 있을까? 몸은 괜찮나? 마리와 함께했던 팔 일이 까마득하게 느껴졌다. 기한은 핸드폰을 집어 들었다.

─ 괜찮냐?

마리에게 문자를 보냈다.

─ 괜찮긴~ 엄마 아빠한테 미안해 죽을 거 같아ㅡㅡ;

득달같이 답신이 왔다.

─ 병원이야?

─ 아니. 집^^* 수술은 절대 안 받겠다고 말씀드렸어. 나 다신 병원에 안 들어

갈 거야~

─ 병원에 안 가도 괜찮아?

─ 괜찮아^^* 집에 있으니까 기분도 한결 좋아~ 참! 우리 집에 놀러 올 거

지? 난 당분간 외출 금지 ㅠㅠ

기한은 그러마 답을 하고 핸드폰을 내려놓았다. 마리는 여전한 것

처럼 보였다. 어떤 상황이든 유쾌했고 적응도 빠른 아이였다. 마리에

비해 기한은 매 순간이 버겁고 힘이 들었다.

며칠 집 안에서 빈둥거렸다. 마리한테는 보러 가겠다고 했지만 선

뜻 만나러 가게 되지 않았다. 솔직히 겁이 났다. 마리 얼굴이 떠오를

때마다 냉상 달려가고 싶어 들썩이다가, 도로 주저앉길 반복했다. 다

시 집으로 돌아오고 나니 마리를 어떻게 대해야 할지, 자신의 감정과

마리의 감정을 어떻게 감당해야 할지 자신이 없었다. 어제부터 마리

의 문자도 뚝 끊겼다. 기한은 자신에게 화가 난 모양이라고 생각했

다. 화가 나는 걸로 치면 기한이 더했다. 기한은 이렇게 한 발짝도 앞

으로 나가지 못하는 자신한테 정말 화가 났다.

늦은 밤, 기한은 목이 말라 거실로 나왔다. 아빠 방에서 엄마 목소리가 들려왔다.

"쟤를 정신병원에 보내든지, 아니면 당장 독립이라도 시켜요."

엄마 목소리는 차갑고 단호했다. 기한은 그 '쟤'라는 게 자신을 가리킨다는 걸 알았다.

"어떻게 그런 말을 해?"

아빠 목소리가 떨려 나왔다.

"쟤가 또 언제 자살 소동을 벌일지 알아요? 난 도저히 못 견디겠어. 쟤랑 한집에서 살 수 없다고요. 수정이한테 나쁜 영향만 줄 거고."

"어떻게 당신은 기한이 생각은 눈곱만큼도 안 하나?"

"내가 당신을 용서할 수 있을 거 같아? 쟤를 용서할 수 있을 거 같아?"

엄마 목소리는 점점 히스테릭해졌다. 기한은 용서받을 수 없을 만큼 자신과 아빠가 엄마에게 무엇을 잘못했는지 알 수 없었다. 아빠는 아무 대답도 하지 못했다.

"난 아직도 쟤만 보면 소름이 끼쳐. 저 애를 데려온 건 당신이야. 막 수정이를 낳은 나한테 쟬 떠넘긴 건 당신이라고. 내가 불임 때문에 그렇게 마음고생하고 치욕스럽게 인공수정하러 다니는 사이에 당신은 다른 여자한테 애까지 낳아 온 사람이야. 난 당신도 쟤도 용서 못해. 그 여자가 죽지만 않았어도, 쟬 이 집에 발도 들여놓지 못하게 했을 거야.

내가 지금껏 견딘 건 수정이 때문이었어. 근데 이젠 아니야. 수정이를 위해서도 더는 아니라고. 내 최후통첩이니 그런 줄 알아요. 쟤를 선택하든지, 우릴 선택하든지."

기한은 순간 다리에 힘이 풀려 그 자리에 주저앉으려는 자신을 겨우 추슬러 세웠다. 머릿속이 하얘져 아무 생각도 할 수 없었다. 더듬더듬 방으로 돌아와 기한은 풀썩 침대 위에 걸터앉았다.

엄마가 자신의 친엄마가 아니라니! 기한에겐 엄청난 충격이었지만 또 한편으론 그것이 매우 자연스럽게 느껴지기도 했다. 그동안 엄마가 기한에게 보여 줬던 태도를 돌이켜 보면, 자신이 엄마에게 용서받을 수 없는 아이로 태어난 것이 더 자연스러웠다.

엄마가 표현한 그 여자, 기한의 친엄마는 죽었다고 했다. 기한은 머리가 터질 것처럼 아파 왔다. 꾸역꾸역 울음이 터져 나오는 걸 입으로 막으며 기한은 오열했다. 늘 혼자 떠도는 것처럼 느꼈던 자신이 더 분명하게 느껴졌다. 겨우 자신과 세상을 이어 주던 마지막 끈마저 떨어져 나가는 기분이었다. 이제 기한은 아무것도 아니었다.

악몽에 시달리며 기한은 식은땀을 흘렸다. 붉은 피로 물든 시트 위에 가늘고 하얀 손이 기한에게 손짓을 한다. 기한은 문 뒤에 숨어 가까이 다가갈 수 없었다. 너무 무서워서 한 발짝도 움직일 수 없었다. 기한은 그 하얀 손을 잡아 주고 싶은 열망에 사로잡혔다. 하지만 그럴수록 두려움이 더 커져 뒷걸음질 쳤다.

가위에 눌려 신음하던 기한이 눈을 떴다. 악몽에서 깨어났지만 현실이 악몽보다 더 나을 것도 없었다. 머리가 지끈거렸다. 이 순간 왜 마리 얼굴이 떠오르는 걸까? 마리가 보고 싶었다. 그 아이의 웃는 얼굴이 보고 싶어 견딜 수 없었다.

마리네 집을 찾긴 어렵지 않았다. 버스 정류장에서 가까운 곳에 위치한 빌라 단지였다. 마리가 일러 준 동과 호수를 찾아 기한은 초인종을 눌렀다.

"누구요?"

문이 열리며 할머니 한 분이 얼굴을 내밀었다.

"저… 마리 친군데요."

"마리 지금 없는데. 병원에 갔어."

"병원이요?"

기한은 가슴이 철렁 내려앉았다.

"지금 중환자실에 있다고 하던데."

"어… 어디 병원이요?"

달리는 택시 안에서 기한은 안절부절 하지 못했다. 가슴이 터질 것 같아 몇 번이나 심호흡을 했다. 제기랄…… 진작 왔어야 했다. 망설이느라 며칠을 보내지 말았어야 했다. 기한은 제발 마리가 무사하길 빌고 또 빌었다.

중환자실 앞으로 달려가 보니, 마리 엄마가 벤치에 앉아 있었다.

땅끝마을에서 잠깐 인사만 했을 뿐이지만 기한은 아주머니를 한눈에 알아보았다. 그때도 아주머니의 눈매가 마리와 꼭 빼닮았다는 생각을 했다.

"어서 와."

아주머니가 기한에게 앉으라고 손짓을 했다.

"마리는요?"

기한의 목소리가 떨려 나왔다.

"고비는 넘겼으니까…… 괜찮아질 거야."

"잠깐 볼 수 있나요?"

"조금 있으면 면회 시간이야. 그때 봐."

울었는지 아주머니 눈이 충혈되어 있었다.

"잘 지내고 있지?"

"……예."

"마리가 기한이 얘기 많이 하더라. 기한이가 우리 마리 많이 보살펴 주었다고."

기한은 고개를 들 수가 없었다. 몸은 아팠지만 마리는 그 누구보다 강한 아이였다. 기한이 마리에게 해 준 건 아무것도 아니었다.

"삼 년 가까이 병치레만 하느라고 어디 데려갈 생각도 못해 봤는데…… 우리 마리 원 없이 세상 구경 했다고 좋아했어."

기한은 보는 것마다 펄쩍펄쩍 뛰며 신 나 하던 마리의 모습이 떠올랐다. 마리는 어디다 던져 놓아도 행복해할 아이였다.

“우리 마리 오래 못 견딜 거 같아.”

“아니에요. 저러다가 또 금방 괜찮아져요.”

터무니없이 목소리가 크게 나와 버렸다. 아주머니가 기한을 물끄러미 바라보았다.

“그래, 그럴 거야. 우리 마리는.”

아주머니 눈가가 촉촉히 젖어 들었다.

“마리가 죽으러 떠났다는 걸 알고 하늘이 무너지는 거 같더라. 마리 병보다 마리가 죽고 싶어 한다는 게 더 화가 나고 괴로웠어. 그동안 마리 살리려고 들인 공이 얼만데, 지가 스스로 죽겠다고 하냐고. ……있지, 마리가 그렇게 갔더라면 나나 마리 아빠나 너무 힘들었을 거야.

죽으면 끝일 거 같지? 그렇지 않아. 옆에 남겨진 사람들 가슴에 그 죽음이 고스란히 남거든. 가장 가까운 사람들한테 씻을 수 없는 상처를 주고 가는 건 나쁜 짓이야. 만회할 기회가 없으니까. 죽은 사람이나, 남은 사람이나. 너무 내 입장에서 얘기한다고 생각하지 마. 어차피 세상은 혼자 살아가는 게 아니니까. 내 말 뜻 알겠지?”

고개를 끄덕이긴 했지만 기한은 자신과는 상관없는 얘기라고 생각했다. 마리에겐 마리를 사랑하는 부모님이 있지만 기한에겐 아무도 없었다.

중환자실에 들어가니, 마리는 산소호흡기를 끼고, 뇌파 측정기를 머리에 연결하고 있었다. 기한은 가슴이 울컥해졌다. 병원에 다신 안 들어오겠다고 했으면, 좀 더 버텨야 했다. 기한은 원망스레 마리를 바라보았다. 자신이 너무 늦게 온 것이 아니길 바랐다.

기한은 아파트 벤치에 앉아 아빠를 기다리기로 했다. 아빠에게 꼭 확인해야 할 게 있었다. 어젯밤 그 충격적인 얘기가 사실인지 여부는 중요하지 않았다. 기한은 이미 아프도록 그 사실을 받아들였다. 어차피 기한은 더 잃을 것이 없었다. 애초부터 가진 것이 없었으니까. 오히려 자신에게 차가웠던 엄마에 대한 미련과 집착을 떨쳐 버릴 수 있는 이유가 생긴 셈이었다.

기한은 친엄마의 죽음에 대해 알고 싶었다. 기한을 놓아주지 않았던 악몽 속의 그 장면이 자신의 친엄마의 죽음과 어떤 연관성이 있지 않을까 하는 불안이 내내 기한을 흔들어 놓고 있었다. 그걸 확인한다는 것이 기한은 두려웠다. 하지만 오랫동안 곪을 대로 곪은 마음의 상처를 더 이상 묻어 둘 수 없었다. 아파도 상처를 헤집어 확인해야 했다. 그렇지 않으면 그 상처가 기한을 집어삼키고 말 것 같았다. 기한은 불안한 시선으로 얼음장처럼 차가운 밤하늘을 바라보았다.

아빠가 차를 주차시키고 걸어오는 게 보였다. 기한은 천천히 벤치에서 일어섰다. 기한을 발견한 아빠는 순간 멈칫하더니 잠자코 기한의 옆에 앉았다.

"왜? 할 말이 있어 나왔니?"

아빠가 담담하게 물었다.

"어제…… 엄마랑 하는 말 다 들었어요."

아빠는 무척이나 당황하는 기색이었다.

"한 가지만 물을게요? 내 친엄마…… 어떻게 죽은 거예요?"

기한의 목소리는 떨리고 있었다. 아빠는 괴로운 듯 신음을 내뱉었다. 기한은 내친김에 말을 이어 나갔다.

"제가 꾸는 꿈이 있어요. 그냥 악몽이라고만 생각했는데…… 아닐지도 모른다는 생각이 들어요. 피로 얼룩진 시트 위에…… 하얀 손이 저에게 손짓을 해요. 전 무서워서…… 한 발짝도 다가가지 못하고요."

기한이 꿈 이야기를 입 밖으로 뱉는 건 처음이었다. 누구에게도 얘기해선 안 될 것 같은 은밀하고도 저릿한 느낌이 기한의 감각을 사로잡아서였다. 막상 얘기하고 나니 홀가분한 기분마저 들었다.

"혹시 그 꿈이…… 제 친엄마 죽음하고 관계가 있는 건가요?"

아빠 얼굴이 흙빛으로 굳어졌다. 아빠는 한동안 신음처럼 한숨만 내쉬었다. 어떤 부정도 해 주지 않는 아빠를 보고 기한은 불안했다. 그건 그저 악몽일 뿐이라고 말해 주길 기한은 내내 바라고 있었다.

"기억하고 있었구나. 세 살밖에 되지 않았던 네가 그걸 기억하고 있었다니……."

기한은 가슴이 울렁거렸다. 그 악몽이 친엄마와 관련된 사실이었다니, 기한은 받아들이고 싶지 않았다. 다시 덮어 버릴 수 있다면 그러고 싶었다. 하지만 도망가기엔 이미 늦어 버렸다. 여기서 한 발짝 더 나아가지 않으면 그 악몽이 기한을 계속 쥐고 흔들어 댈 것이다. 그 악몽의 시간들을 반복하고 싶지 않았다.

아픈 진실을 하나하나 알아 간다는 것이 이토록 숨통을 조이듯 괴로운 것인지 몰랐다. 기한은 또다시 용기를 내어 아빠에게 물었다.

"그럼 혹시…… 자살했나요, 제 엄마?"

불길한 예감으로 기한의 눈빛이 떨리고 있었다.

"무슨 소리야?"

아빠는 정색을 하며 펄쩍 뛰었다.

"너 도대체 무슨 상상을 한 거야? 자살이라니! 아니야. 그건 절대 아니야!"

"그럼…… 그 피는요?"

"내가 달려갔을 땐 네 엄마가 피를 토하고 쓰러져 있었어. 넌 문 뒤에 숨어서 엄마에게 다가가지도 못하고 떨고 있더라. 네 엄마를 병원으로 옮겼지만 오래 버티지 못했어. 네 엄마가 피를 토한 건, 식도 정맥류 파열이라고 하더라. 간이 점점 굳어지는 병의 합병증이라고. 그건 병원 기록으로 확인시켜 줄 수도 있어. 네 엄마는 절대 널 혼자 두고 자살 같은 거 할 사람이 아니야. ……미안하다. 정말 미안하다."

아빠는 괴로운 듯 손바닥으로 얼굴을 문질렀다.

"내가 네 엄마한테 지은 죄, 지금까지 벌을 받고 있는 것 같다. 난 수정이 엄마한테도, 네 엄마한테도, 또 너한테도 죄인이야."

"울 엄마…… 좋은 여자였나요?"

기한은 마음에 담아 두었던 또 다른 말을 던졌다.

"잘 웃고, 마음이 따뜻한 여자였어……."

그렇게 말하고 아빠는 고개를 푹 숙였다. 어깨를 들썩이며 아빠가 흐느끼는 게 느껴졌다. 아빠에게도 기한만큼 힘들고 괴로운 시간들이었을 터였다.

기한은 그것으로 족했다. 진실 속에는 모두 이유가 있었고, 그 이유 때문에 괴로워했던 건 기한 자신만이 아니었다. 하지만 기한은 아직 그 모든 걸 기꺼이 받아들일 준비가 되어 있지 않았다. 여전히 기한에겐 현실이 불안하고 두려웠다.

기한은 매일 마리를 찾아갔다. 그것이 지금의 자신을 견디는 유일한 일이었다.

마리는 여전히 깨어나지 못하고 있었다. 여행 중에 그랬듯이 마리가 아무 일도 없었다는 듯 일어날 거라고 마음을 다지다가도, 불안한 마음에 안절부절못하곤 했다.

기한은 중환자실에 누워 있는 마리를 간절한 마음으로 바라보았다. 마리는 꼼짝하지 않았다. 기한이 마리 손을 잡았다. 마리 손은 여전히 따뜻했다. 마리가 산소호흡기를 뽑으며 '놀랐지? 장난이었어.' 하며 깔깔거리고 웃을 것만 같았다.

'유마리…… 포커 접는 법 나 좀 갈쳐 줘라. 나 종이접기 젬병이라고 놀리지나 말고…… 제기랄…… 제발 눈 좀 떠.'

이렇게 마리를 보낼 수 없었다. 마리에게 아직 자신의 마음조차 전하지 못했다. 땅끝에서 자신도 살고 싶었다고, 그건 마리 너 때문이었다고, 아마도 널 좋아하게 된 것 같다고…… 아직 전하지 못한 말이 남아 있었다.

다음 날도 면회 시간에 맞춰 중환자실 앞으로 갔다. 그런데 마리가 보이지 않았다. 의식이 돌아와 일반 병동으로 옮겼단다. 기한은 한달음에 간호사가 일러 준 병실로 달려갔다.

아주머니가 물수건으로 마리의 얼굴을 닦아 주고 있었다. 기한은 조마조마한 마음으로 마리에게 다가갔다.

"어서 와."

아주머니가 먼저 알은체를 했다.

"엄마, 누가 왔어?"

힘없이 갈라져 있었지만 마리 목소리가 틀림없었다. 기한은 너무나 반가워 환호성을 지를 뻔했다.

"응. 기한이 왔어."

아주머니가 대답해 주었다.

"이제 오냐? 너 기다리다 목 빠지는 줄 알았잖아."

마리가 투덜거렸다.

그런데 마리가 이상했다. 기한을 찾아 더듬거리는 마리의 눈이 초점을 잃은 듯 공허했다. 기한이 아주머니를 쳐다보았지만, 아주머니는 물수건을 들고 병실을 나가 버렸다.

“너…… 괜찮은 거지?”

기한은 뭔가 잘못되었다는 불길한 예감을 떨쳐 버리려 애썼다.

“어쩌지? 나 너 보고 싶은데… 이젠 못 봐.”

마리는 아무 일도 아닌 것처럼 스스럼이 없었다. 기한은 마리를 어떻게 대해야 할지 혼란스러웠다. 마리가 원한다면 자신도 아무 일이 아닌 것처럼 행동해야 했다. 하지만 겨우 다시 만난 마리가 앞을 보지 못하게 되었다는 걸 쉽게 받아들일 수 없었다.

“너 매일 왔었다면서?”

마리가 희미하게 웃었다. 마리는 이런 상태에서도 웃을 수 있는 아이였다. 기한은 당황해 허둥거리는 자신을 들키고 싶지 않았다.

“응.”

“앞으로도 계속 올 거지?”

“응.”

마리가 기한에게 손을 내밀었다. 기한은 그 손을 마주 잡았다. 마리 손은 여전히 따뜻했다. 종잡을 수 없었던 마음이 한결 놓이는 기분이었다.

“나 잠깐 잘게.”

“응.”

기한은 문득 마리가 다시 깨어나지 않을까 봐 겁이 났다.

“유마리.”

“응?”

마리가 잠이 담긴 목소리로 대답했다.

"나 내일 또 올 거야."

"응."

"기다리고 있을 거지?"

기한은 마리에게 다짐을 받고 싶었다.

"응."

"나 내일 꼭 올 거야. 기다려."

"응."

마리 목소리가 잠겨 들었다.

커진 종양이 시신경을 눌러 마리는 더 이상 볼 수 없게 되었단다. 앞으로 더 얼마나 나빠질지 모를 일이었다. 마리가 죽어 가는 모습을 과연 지켜볼 수 있을까? 기한은 겁이 났지만 이젠 도망가지 않으리라 마음먹었다. 마리가 살아 있는 동안 마리 곁을 지켜 줄 것이다. 그것이 기한이 마리를 위해 해 줄 수 있는 유일한 일이었다.

다음 날 기한은 일찌감치 병실을 찾았다. 마리는 벌써 깨어나 있었다. 어제보다 생기 있는 모습이었다.

"내가 뭘 갖고 왔는 줄 알아?"

기한이 마리 귀에 속삭였다.

"뭔데?"

마리 얼굴이 기대감으로 환해졌다.

"초코렛."

기한은 가방에서 종류별로 초콜릿이 가득 든 봉지를 꺼냈다.

"웬 초코렛?"

"너 하루 종일 초코렛 먹는 게 소원이라고 했잖아."

마리가 환하게 웃었다.

"내가 너한테 그런 말을 했던가?"

"그럼, 니가 하지도 않은 말을 내가 어떻게 알겠냐?"

"정말 하루 종일 먹을 수 있을 만큼이야?"

기한은 마리의 손을 끌어다 초콜릿이 든 봉지 안에 넣었다.

"와! 엄청난걸! 나 아몬드 초코렛 제일 좋아하는데 그것도 있어?"

"없는 게 없다니까. 내 한 달 용돈 다 날아갔어."

기한은 아몬드 초콜릿을 찾아 껍질을 까서 마리 손에 쥐여 주었다.

"음…… 너무 맛있어!"

이제야 마리를 다시 찾은 기분이었다. 마리는 초콜릿이 입안으로 들어갈 때마다 탄성을 지르며 좋아했다.

"나도 너한테 줄 게 있어."

입안이 얼얼해질 정도로 초콜릿을 먹은 마리가 말했다.

"옆에 서랍 열어 봐."

기한은 사물함 서랍을 열었다. 삼단 날개 포커 드리덱커였다! 마리가 카페에 올린 그 종이비행기였다.

"이거 포커잖아?"

"너한테 주고 싶었어."

포커를 꺼내는데 종이 하나가 눈에 띄었다. 마리의 버킷리스트였다. 마리가 아직까지 이걸 가지고 있다는 게 놀라웠다. 서랍을 닫으면서 기한은 문득 기억이 났다. 하루 종일 초콜릿을 먹고 싶다고 한 건 마리에게 들은 말이 아니었다. 바로 이 버킷리스트 목록 중 하나였다.

마리는 피곤했는지 침대 등받이를 내려 달라고 했다.

"기한아."

"왜?"

"너, 아직도 죽고 싶다는 생각 하니?"

"걱정 마. 너 죽기 전엔 안 죽을 거니까."

"내가 죽은 뒤에도…… 살아 줘."

"뭔 소리야? 너 초코렛 먹는 거 보니까 끄떡없어."

"……손."

기한은 마리 손을 잡았다. 마리는 기한의 손을 끌어다 자기 왼쪽 가슴 위에 올려놓았다.

"왜?"

마리의 갑작스런 행동에 기한의 얼굴이 벌게졌다.

"느껴 봐."

"뭘?"

"내 심장이 뛰는 소리."

잠시 집중하자 마리의 심장 박동이 손끝으로 진해져 왔다.

‘두근두근…….’

처음에 약하게 느껴지던 것이 점점 분명해졌다.

“아직 뛰고 있지?”

마리가 물어 왔다.

“그걸 말이라고 하냐? 너 아직 살아 있어. 걱정 마.”

마리가 무슨 얘기를 하려고 이러는지 기한은 불안해졌다.

“이건 선물이야. 우주가 나한테 준.”

그 말을 할 때 마리 얼굴은 그 어느 때보다 편안해 보였다.

“우린 모두 죽어. 난 단지 곧 죽을 뿐이야.”

기한은 마리 손을 뿌리쳤다. 마리가 곧 죽을 사람처럼 말하는 게 싫었다. 마리가 말을 이었다.

“네 심장은 계속 뛸 거야. 그건 네가 받은 선물이야. 그러니 살아 줘.”

“그만해. 듣고 싶지 않아.”

기한은 심통 난 사람처럼 목소리가 불거져 나왔다.

“기한아.”

“왜?”

“난…… 살고 싶어. 내일도 또 내일도.”

“넌 내일도 또 내일도 살 수 있어.”

화가 나려는 걸 억지로 참았다.

“아니…… 나한텐 살고 싶은 내일이 있을 뿐이야.”

기한은 더 이상 듣고 싶지 않아 마리에게서 등을 돌렸다.

"네가 있었으면 좋겠어. 내가 살고 싶은 내일이라는 시간 속에 말이야. 그곳에서 가끔 날 기억해 주면서……."

"쉬어. 나 간다."

기한은 마리 말을 더 들어 줄 용기가 나지 않았다.

"기한아…… 고마워."

등 뒤에서 마리 목소리가 들려왔다. 기한은 그대로 병실을 나와 버렸다.

마리의 생명이 얼마 남지 않았다는 걸 알지만 기한은 인정하고 싶지 않았다. 곧 죽을 거라고 담담하게 얘기하는 마리도 야속했다.

'제기랄…… 세상엔 기적이라는 것도 있잖아!'

마리를 살릴 수만 있다면 누구한테든 매달려 떼쓰고 억지라도 부리고 싶었다.

15

어제 일이 내내 마음에 걸렸다. 그렇게 돌아와 버리는 게 아닌데. 기한은 마리에게 사과하는 마음으로 꽃집에서 작은 화분 하나를 샀다. 로즈마리란다. 마리랑 돌림자 이름의 화초라니, 화분을 받아 들고 괜한 웃음이 나왔다. 모양은 그저 그런데 향이 짙은 허브다. 볼 수 없게 된 마리에겐 예쁜 꽃보다는 향이 짙은 허브가 제격일 것 같았다. 화분을 들고 감탄사를 연발할 마리를 생각하니 기한의 걸음이 빨라졌다.

마리 침대가 비어 있었다. 순간 가슴이 철렁했지만 검사를 받으러 갔을 거라고 요동치는 마음을 가라앉혔다. 마리 침대엔 여전히 마리 이름표가 붙어 있었다. 얼핏 침대 밑 휴지통에 마리의 버킷리스트가 눈에 띄었다. 기한은 버킷리스트를 주워 주머니에 넣었다. 마리한테 소중한 것이 쓰레기가 되는 게 싫었다.

마리 옆 침대의 보호자가 병실로 들어와 기한에게 알은체를 했다.

"그 학생 응급처치실로 옮겼어. 상태가 많이 안 좋던데."

아주머니 표정이 어두웠다. 설마! 기한은 병실을 뛰어나와 응급처치실로 달려갔다. 제발…… 아니야! ……제발……. 간절한 마음으로 기한은 응급처치실 문 앞에 멈춰 섰다. 분위기가 심상치 않았다. 마리 주위에 모여 있는 의사와 간호사들 때문에 마리 얼굴은 보이지 않았다.

"마리야! 안 돼!"

절규하듯 마리 엄마의 울부짖는 소리가 터져 나왔다. 순간 기한의 손에서 화분이 미끄러져 떨어졌다. 말도 안 된다. 이건 정말 아니다. 기한은 의사와 간호사들을 헤치고 마리에게 다가갔다. 간호사가 마리에게 달려 있던 기계장치들을 떼어 내는 중이었다. 기한은 믿을 수 없었다. 마리는 잠이 든 것처럼 보였다. 잠이 깨면 다시 일어나 웃을 것이다.

'장난치지 마, 유마리!'

울컥 눈물이 쏟아졌다.

마리 얼굴에 시트가 덮이고 침대가 영안실로 옮겨졌다. 기한은 시트 자락을 잡고 마리를 따라갔다. 이대로 마리를 놓아줄 수 없었다.

'유마리, 이렇게 가는 게 어딨냐? 우린 아직 시작도 안 해 봤잖아!'

언젠가 마리가 자신에게 했던 말을 기한은 속으로 외치고 있었나.

가슴이 아팠다. 그 말이 그냥 표현인 줄만 알았는데, 진짜 가슴이 찢어지는 것처럼 아팠다.

기한은 병원을 뛰쳐나와 달리고 또 달렸다. 사람들 사이를 헤치고 목적지 없이 무조건 달렸다. 심장이 터질 듯 뛰었지만 멈추지 않았다.

기진맥진 헛구역질을 하며 기한은 멈춰 섰다. 구역질 때문인지 눈물이 나왔다. 문득 하늘을 올려다보았다.

'내 몸을 떠난 영혼은 또 다른 나겠지? ……나의 영혼은 어떤 모습으로 떠돌까?'

마리가 말했었다. 어쩌면 마리 영혼이 저 위에서 기한을 내려다보고 있을지 모른다. 기한은 마리 영혼을 찾듯 하늘을 두리번거렸다. 자신의 심장이 뛰는 게 온몸으로 느껴졌다.

'네 심장은 계속 뛸 거야. 그건 네가 받은 선물이야. 그러니 살아 줘.'

마리가 마지막으로 기한에게 했던 말이었다. 기한은 무릎을 꺾고 주저앉았다.

기진맥진해 집에 돌아온 기한은 침대 위로 쓰러졌다. 마리가 떠났다는 게 아직도 실감 나지 않았다. 마리를 다시 볼 수 없다는 것이 믿어지지 않았다. 저절로 눈물이 나왔다. 그래, 오늘만 울 거다. 기한은 이불을 뒤집어쓰고 꺽꺽거리며 울었다.

기한은 새벽에 잠에서 깨어났다. 그대로 잠이 든 모양이었다. 점퍼

주머니 사이로 삐죽 나온 종이가 눈에 띄었다. 마리의 버킷리스트였다. 기한은 종이를 꺼내 펼쳐 보았다. 죽기 전에 꼭 해 보고 싶은 일, 백 가지. 백 가지 중에 고작 세 가지가 지워져 있었다.

77. 최고의 장소에서 최고의 일출 보기.

......

80. 찜질방에서 친구들과 하룻밤 자기.

......

99. 엄마 아빠게 고맙다는 말 전하기.

하고 싶은 게 많은 마리는 어이없게도 너무 빨리 가 버렸다. 기한은 리스트 목록을 다시 쭉 읽어 내려갔다. 그리고 그중 두 개의 목록에 마리 대신 줄을 그었다.

79. 하루 종일 초콜릿 먹기.

......

100. 고통스럽지 않고 편안히 눈을 감기.

끝으로 기한은 목록 하나에 또 줄을 그어 주었다.

98. 누군가에게 가장 소중한 사람으로 남기.

마리는 이미 기한에게 가장 소중한 사람이 되어 있었다. 기한은 벌떡 일어나 옷을 주워 입었다. 할 일이 하나 더 남아 있었다.

평일 아침 산은 한산했다. 군데군데 눈이 얼어 미끄러웠지만 산을 오르는 데 큰 무리는 없었다. 하얀 입김을 내뿜으며 기한은 바지런히 산을 올랐다.

산 정상에 다다르니 점심때가 가까워져 있었다. 서울 시내가 한눈에 내려다보였다. 바람은 찼지만 마리를 처음 만났던 날처럼 하늘이 맑은 화창한 날씨였다. 기한은 가방에서 작은 상자 하나를 꺼냈다. 상자 안에는 삼단 날개 포커 드리텍커가 들어 있었다.

조심스럽게 포커를 꺼내 날개를 반듯하게 펴 주었다. 마리가 기한에게 준 선물이지만 기한이 마리에게 줄 선물이기도 했다. 바람이 너무 강하거나, 지나치게 잠잠한 건 비행에 좋지 않았다. 기한은 적당한 바람이 불어오길 기다렸다. 바로 지금이다! 기한은 포커를 가볍게 날렸다.

포커는 잠깐 곤두박질치는가 싶더니 이내 바람을 타고 가볍게 비행을 시작했다. 산 아래로 천천히 날아가는 포커를 좇아 눈을 떼지 않았다. 마리도 분명 환호성을 지르며 좋아하고 있을 것이다.

포커가 비행을 마치고 착륙한 지점을 기한은 눈에 새겨 넣었다. 혹시 몰라서, 등산로를 중심으로 어디쯤 떨어졌는지 그림으로 메모까지 했다.

기한은 포커를 찾아 산을 내려갔다. 메모까지 해 두었지만 포커를 찾기란 쉽지 않았다. 정상에서 봤을 땐 분명하게 구별되던 곳도 산속에 들어와 보니 그곳이 그곳 같았다. 분명히 등산로에서 멀리 떨어지지 않은 곳에 포커가 착륙하는 걸 보았는데……. 산속을 헤매다가 여러 번 길을 잃었다. 포커를 찾기는커녕 산속을 빠져나갈 수 있을지조차 막막해졌다.

다시 등산로로 빠져나와 기한은 길을 더듬어 찾아 들어갔다. 또 길을 잃은 건가? 기한은 방향감각을 잃고 허둥거렸다. 몸은 지쳐 가고, 어슴푸레 해가 지고 있었다. 하지만 포기하고 싶지 않았다. 그때 산새 두 마리가 '뾰로로 쪽쪽' 소리를 내며 나무 사이를 오가는 것이 보였다. 산새를 좇던 기한의 시야에 나뭇가지 끝에 걸려 있는 하얀 포커가 들어왔다! 어찌나 반갑던지 기한은 마리를 다시 만난 기분이었다.

기한은 마리의 마지막 가는 길에 동행했다. 화장터로 마리의 관이 들어가는 건 차마 볼 수 없어 돌아서 나왔다. 마음속에선 마리를 보내기 싫다고 어린아이처럼 떼쓰고 있었지만 보낼 수밖에 없다는 걸 알았다.

마리의 납골당은 햇빛이 잘 드는 곳에 있었다. 작은 납골 항아리에 마리가 담겨져 있다는 게 믿기지 않았다. 마리 엄마는 탈진 상태에서도 하염없이 눈물을 흘렸다. 죽이도 끝나는 게 아니라고 했던 아주미니 말이 떠올라 마음이 아팠다. 기한은 마리의 납골 항아리 앞에 멋지게 비행을 마친 포커 드리덱커를 놓아 주었다. 마리의 영혼이 포커와 함께 멋진 비행을 하길 바라면서.

하필이면 그날, 집으로 돌아오는 길에 꼼쥐와 맞닥트리고 말았다. 그래, 기한에겐 꼼쥐가 있었다. 어이없게 기한은 꼼쥐를 잊고 있었다. 기한을 노려보는 꼼쥐의 눈은 잔뜩 약이 올라 있었다.

"이 새꺄, 나 뚜껑 열리면 물불 안 가리는 거 너 모르지? 쥐새끼처럼 숨어 다니면 평생 못 볼 줄 알았냐? 이 새끼 너 오늘, 날 제대로 잡은 줄 알아."

꼼쥐와 패거리 두 놈은 기한을 외진 공터로 끌고 갔다. 마리를 보내고 오는 길이어서 그런가? 오늘은 이상하리만큼 마음이 담담했다. 꼼쥐와의 악연을 더 이상 지속하고 싶지 않았다. 기한은 오늘 끝장을 보리라 마음먹었다.

약이 올라 있던 꼼쥐는 다짜고짜 기한에게 주먹을 날리고 발길질을 해 댔다. 바닥에 널브러지면서도 기한은 이를 악물고 신음 소리도 내지 않았다. 꼼쥐가 기한의 머리카락을 움켜쥐고 고개를 뒤로 젖혔다.

"너 왜 약속 안 지키냐? 내 드러운 성질 건드려서 좋을 거 없잖아?"

꼼쥐의 눈빛이 섬뜩하게 빛났다. 기한은 다시 이를 악물었다. 죽기로 작정했던 자신이었다. 세상엔 그보다 더 무서운 게 없었다.

"나 할 만큼 했어. 이제 그만하자."

기한은 씹어뱉듯 말했다. 꼼쥐는 순간 기가 막힌 표정을 짓더니 발로 기한의 가슴을 걷어찼다. 숨통이 막히는 통증이 밀려왔다.

"너 뭐라 그랬냐?"

가슴을 움켜잡고 쓰러져 있는 기한에게 꼼쥐가 얼굴을 들이밀었다.

"이젠 그만하겠다고 새꺄!"

가슴속 멍울을 토해 내듯 기한이 소리쳤다.

"너 약 했냐?"

꼼쥐는 어안이 벙벙한 표정이었다.

"네 친구 그렇게 된 거 내 잘못 아니야! 이제 그만해!"

"얘가 오늘 나 제대로 뚜껑 열리게 하네. 야, 이 새끼 옷 벗겨."

얼굴이 벌게진 꼼쥐가 침을 찍 뱉었다. 패거리 두 놈이 기한에게 덤벼들었다. 기한은 죽을힘을 다해 발버둥쳤다. 마리라면 그저 당하고만 있진 않을 것이다. 기한은 놈들을 사정없이 물어뜯기도 하고, 뭇매를 맞으면서도 옷을 부여잡은 손을 놓지 않았다.

"차라리 날 죽여, 이 새끼들이!"

기한은 정말 죽을 만큼 얻어맞았다. 이젠 어디가 아픈지 감각도 무뎌졌다. 꼼쥐도 지치고 기한도 지쳤다. 피투성이가 되어 널브러진 기한을 보고 꼼쥐가 혀를 내둘렀다. 꼼쥐 핸드폰이 울렸다.

"야, 니 물주 새끼, 이제 못하겠단다. ……그래 임마, 너 식물인간 된 줄 알지 이 새끼. ……이 새끼 완전 똥개다. 뭘 잘못 믹었는지 눈빛이 살벌해졌어. ……그럼, 임마 죽을 만큼 조져 놨지. ……이 새끼 잘못되면 니가 개값 치러, 새꺄. ……알았어, 갈게."

꼼쥐와 패거리들은 기한을 버리고 가 버렸다. 기한은 맞아서, 너무 아파서, 손가락 하나 까딱할 수 없는데, 웃음이 나왔다. 오토바이 사고 난 애가 식물인간이 아니란다. 밤하늘을 보면서 기한은 마구 웃음이 터져 나온다. 웃음 사이로 눈물이 흘러내렸다.

마리, 깡통, 샤인과의 자살 여행이 떠올랐다. 끝없이 걷던 길과 침쟁이 할아버지 집에서 지낸 시간들, 강으로 뛰어든 샤인과 살고 싶다며 그와 함께 떠난 깡통.

그리고 장엄하게 솟아오르던 땅끝의 해돋이, 그곳에 함께 서 있던 마리. 점점 정신이 몽롱해질수록 기한은 마리가 너무 보고 싶었다.

눈을 떠 보니 병원이었다. 기한이 어떻게 병원으로 옮겨졌는지 기억나지 않았다. 아빠가 참담한 얼굴로 기한을 내려다보고 있었다.

"어떤 놈이 널 이 지경으로 만든 거냐?"

아빠 눈시울이 붉어졌다.

"이젠… 끝났어요."

기한의 목소리가 갈라져 나왔다.

"전부터 널 계속 괴롭혔던 거야?"

"이젠 다 끝난 일이라니까요."

아빠는 더 이상 묻지 않았다.

기한은 2주일 만에 집으로 돌아왔다. 그 뒤로 꼼쥐의 모습은 보이지 않았다. 꼼쥐가 다시 나타난다 해도 이젠 무섭지 않았다.

겨울방학이 끝나 갈 무렵, 기한은 아빠에게 학교를 그만두겠다고 했다. 처음엔 반대했지만 나중엔 아빠도 담담하게 기한의 결정을 받아들였다. 그러면서 아빠와 함께 병원에서 상담 치료를 받자고 했다. 아빠의 결정이 워낙 단호해서 그 정도는 양보하기로 했다.

엄마는 수정이와 뉴질랜드로 떠났다. 수정이 유학을 위한 거라고 했지만 엄마와 수정이가 다시 돌아올지 알 수 없었다. 아빠와 기한, 둘만의 동거는 생각보다 나쁘지 않았다. 크게 드러내진 않았지만 기한에게 한발 한발 다가서려고 노력하는 아빠의 모습이 느껴졌다.

기한은 자신의 죽음을 무기한 유보하기로 했다. 죽는 거, 서두를 필요가 없었다. 서두르지 않아도 누구에게나 죽음은 오게 마련이니까. 기한은 다시 마리의 버킷리스트를 펼쳤다. 마리가 떠난 뒤 하나의 목록이 지워지고, 하나의 목록이 새로 추가됐다.

81. 산 정상에서 종이비행기 날리기.

......

101. 내가 살아갈 이유 찾기.

기한이 땅끝까지 갈 수 있었던 건 마리가 있었기 때문이다. 여행 내

내 마리는 기한이 의지할 수 있는 친구였으며 그 자신이기도 했다. 마리는 떠났지만 기한이 쥐고 있는 버킷리스트와 함께 남아 있었다.

백 가지를 하고 싶어 했던 마리는 여섯 가지밖에 해 보지 못하고 떠났다. 마리가 그토록 살고 싶어 했던 내일이라는 시간 속에 무엇이 기다리고 있는지 알 수 없었다. 하지만 기한은 마리가 못다 한 버킷리스트를 하나씩 지우며 자신이 살아갈 이유를 찾아보기로 했다.

죽어야 할 이유보다 더 가슴 벅찬 일이 되리라는 예감이 밀려왔다.

폭풍우를 이겨 낸 꽃밭을 보라

천승세 (소설가, 한국작가회의 고문)

이 소설을 쓴 작가 이성숙을 떠올리면 'T. S. 엘리엇'의 문학적 잠언이 생각난다. 그는 그의 저서《문학원론》속의 소설론 대목에서 "삶의 충실이 곧 문학의 충실이다"라고 짧게 가닥을 잡았다. 건성으로 읽으면 흔해 빠진 훈계 같지만, 말의 속뜻을 심사숙고하면 이름 석자의 명성만을 위해 제 삶과는 전혀 딴판인 얼렁쇠 수작으로 소설을 써서는 안 된다는, 엄혹한 경고요 추상같은 불호령이다. 쉽게 말해 삶의 정신이 바로 문학 정신이어야 하고, 따라서 그 작품은 곧 그 작가이어야 한다는 뜻이다.

엘리엇의 지론에 딱 들어맞을 사람이 이성숙 작가다. 이러구러 17년 전쯤의 일이었던가. 서울 강남 신사동에 있는 문학학교 소설전문반의 '군두쇠동인'으로 사제의 인연을 맺은 뒤 3년 남짓 그의 사람 됨됨이를 눈여겨봐 왔었거늘, 창작에 대한 열혈은 물론이요 온갖 궂은일을 도맡아 문우들의 곤경에 '구원' 몫으로 일관하던 모습이라니……. 지금도 어제 일인 양 눈에 선하다.

소설 《우리는 땅끝으로 간다》는 작가 이성숙의 인간적 성정과 삶의 정신을 쏙옥 빼닮아서 좋다. 이른바 '청소년 소설' 하면, 그 장르별 명색에 걸맞도록 홍미 위주의 허구와 문예적 기량만 반지르르 윤내거나 아니면 틀에 박힌 계몽성과 도덕적 훈도를 작품의 뼈대 삼기 마련인데, 이성숙은 이런 작위적 의도를 싸악 눈돌림하고 청춘의 암울한 번뇌와 실의와 좌절을 저들 스스로 온몸을 던져 체득케 함으로써, 참가치의 자활 정신으로 하여금 그제야 열릴 짙푸른 미래로 그들을 구원한다.

오토바이 사고의 가해자가 아니면서도 엉뚱한 누명을 뒤집어쓴 채 온갖 고통을 당하게 된 주인공 기한과 자살 사이트에서 만나 함께 죽기로 작정한 청소년 세 사람은 고사하고, 심지어는 온갖 악패 짓만 일삼는 꼼쥐마저, 눈곱만한 이익을 위해서라면 물불 가리지 않고 지악스럽게 매달리는 실용주의와 삿된 잔꾀가 통할 성싶다 하면 불의도 정의로 금세 둔갑시키는 활용주의가 판을 치는, 물질 만능 사회의 희생양들이다.

야살스러운 '실용'과 무도막심한 '활용'에 전도된 즉시성 위주의 세상 속에서 청소년들의 고뇌와 번민, 그리고 실의와 좌절을 다독이는 이성숙의 격려는, 한량없이 부드러우면서도 한편으론 무척 엄절하다. 허황한 꿈만으로 내일의 삶을 점괘 믿듯 하지 말고 차라리 내일의 실팍한 성취를 위해 오늘을 실패할 수도 있는 청소년을, 보다 더 튼실히 영글 내일의 보람을 위해 오늘의 보람을 버릴 줄도 아는 청소년을, 따뜻하고 부풋한 앙가슴 속에 품는다.

이렇게 생각하니 또 한 사람의 잠언이 떠오른다. 세계 문학사에 소설가로서의 명망을 떨치고 평론가로도 그 위상을 길이 굳힌 독일의 '토마스 만'은, 소설의 참정신은 제쳐 놓고 오로지 글 쓰는 재주로만 홍타령을 읊조리는 소설가들의 자만을 빗대어 '해로운 진실은 이로운 허위보다 값지다'고 신랄하게 불침을 놓았던 것이다.

세계 문학사 속의 내로라하는 문예 거장들이 주창하는 소설 정신을 본때 삼고 문학의 참정신을 갈고 닦은 까닭일 것이다. 죽음을 약속하고 전라남도 해남 '땅끝'을 향해 가는 길고 험난한 여정은, 배꼽노리가 얼얼하도록 시큰한 아이러니와, 물큰한 비애와, 허파 숨양이 멎을 정도의 절절한 감동이 힘살 좋은 엮음새를 바탕 삼고 는질는질 녹아 있다.

이 소설에서 이성숙은 '삶'도 '죽음'도 욕망임을 암시한다. 그러나 아무짝에도 쓸모없는 몹쓸 욕심을 가량없이 채우고자 하는 마음이 아니요, 되레 무엇인가를 이루려고 힘쓰는 정신이야말로 참다운 욕망임을 가르친다. 따라서 삶의 욕망을 죽어야 마땅할 '절망'으로 환치할 수 없는 것이며, 절망의 뒷전에는 기필코 소생과 재활의 어린 싹이 창창한 삶을 노래하고 있음을 설파한다. 죽어야 할 욕망을 접고, 차라리 살면서 이겨 내야 할 '절망'을 전신으로 싸 보듬는 젊음을 혈원하고 있다. 벌근거리는 심장에다 단층의 피를 채우면서.

마음속으로 굳게 다졌던 소망이나 뜻이 한사코 빙퉁그러지기만 해서, 차라리 죽고 말자며 단절의 아픈 고독과 싸우는 청소년들은, 간밤의 폭풍우를 이겨 낸 아침 꽃밭에 가 볼 일이다. 이성숙의 이 소설을 들고…….